인생은 고양이처럼

인생은
고양이처럼

글·그림 **아방**

북라이프

인생은 고양이처럼

1판 1쇄 인쇄 2018년 5월 21일
1판 1쇄 발행 2018년 5월 29일

지은이 | 신혜원
발행인 | 홍영태
발행처 | 북라이프
등 록 | 제313-2011-96호(2011년 3월 24일)
주 소 | 03991 서울시 마포구 월드컵북로6길 3 이노베이스빌딩 7층
전 화 | (02)338-9449
팩 스 | (02)338-6543
e-Mail | bb@businessbooks.co.kr
홈페이지 | http://www.businessbooks.co.kr
블로그 | http://blog.naver.com/booklife1
페이스북 | thebooklife
ISBN 979-11-88850-10-5   03810

눈부시게 사랑하고
최대한 게으르며
운 좋게 살고 싶다.

나이가 더해지는 것으로 완성되는 줄 알았던 어른. 그 광활한 두 글자 속에서 인격체로 자리 잡는 건 결코 쉬운 일이 아니다.

오늘의 나는 편안히 잠들기 위해, 어제 생겨나고 오늘 없어지는 관계를 위해, 이런 저런 거짓말을 이해하기 위해, 쉽게 바스러지지 않기 위해, 늘어나는 군살을 위해, 또 줄어드는 어떤 것을 받아들이기 위해 부단히 헤엄치는 중이다. 어른의 세계를.

이 글을 적기 시작했을 때 힘든 생활의 연장에 있었다. 그래서 지난 2년여의 시간에 대해 어렵지 않게 쓸 수 있었다. 그러는 와중에 해가 바뀌었고, 시리고 날선 초봄을 겨우 이겨냈더니 언제 그랬냐는 듯 고맙게도 창작욕 불타는 초여름이 찾아왔다. 그리고 (그리 갑작스럽지 않은 것임에도 불구하고 느낌만은) 갑작스레 모든 것이 즐거워졌다.

해야 할, 하고 싶은 일이 겨울까지 줄을 서 있다. 화창한 날, 억지로 눈을 더 감고 있어본들 속일 수도 없이 개운한 정신과 내 몫의 햇살이 전부 사치 같다고 여겨지던 게 불과 얼마 전인데. 참, 신기하기도 하지.

때때로 수면 위로 올라오는 불편하고 낯선 기분들을 메모장에 기록하지 않았더라면 기억조차 나지 않았을 것이다. 괴로움도 만끽할 수 있을까? 언제 그랬냐는 듯 어둠이 걷히고 환해지는 걸 보니 다시 그런 깊은 구덩이에 빠지는 날엔 지그시 눈 감고 기다릴 수 있을 것 같다.

지금 나의 최대 관심사는 괴로운 시간이 아무렇지 않게 지나간 것처럼 즐거운 시간 역시 언젠가는 지나갈 것이기에, 주어진 모든 시간을 오롯이 만끽하는 것이다.

아방

오늘의 내가 조금 느리더라도

"일 년만 더 빨리 시작했으면 어땠을까."

우리의 이야기는 더 이상 이어지지 않았다.
각자 자기만의 사연이 있는 것처럼
자기만의 속도가 있는 거니까.

맘대로 살아가는 사람

가끔 대외적으로 나를 소개할 일이 생기면 '이런저런 일을 하면서 그림 그리는 사람'이라고 말한다. 이렇게 말을 하다 보니 나는 자연스럽게 그림 그리는 사람이 되었고 그림을 빼놓고는 말할 거리가 없는 존재가 된 것 같기도 하다. 커피를 마시고 책을 읽고 낮잠을 시원하게 자고 일어나서 그림을 한 장도 그리지 않은 날에 생각한 건데, 이제 내 소개를 한다면 이렇게 할 것 같다.

　"나는 내 맘대로 살아가는 사람입니다."

나는 평소에 어리바리한 편이다. 그래서 크고 작은 사고를 달고 산다.

부산 집에서 짧은 휴가를 보내고 있을 때 멀쩡하던 집 도어락을 고장 냈다. 다음 날은 오랜만에 만나는 지인과 간단하게 점심만 먹고 돌아오겠다며 외출해서 삼계탕을 먹었다. 그러다 조그만 닭 뼈가 목에 걸리는 바람에 헛구역질을 꾸엑 꾸엑 하며 친구와 급히 헤어지고 병원에 갔다. 하필 여름 휴가철이어서 근처 병원들은 문을 닫아 아버지에게 전화해 차를 타고 멀리 있는 병원까지 갔다.

닭 뼈는 분명히 작았지만 내 목구멍도 작았기에 순서를 기다리는 동안 두렵고 힘들었다. 목의 애매한 위치까지 내려가 있는 닭 뼈를 결국 못 빼고 병원에서 나오는 길, 계단을 내려가다 발목을 접질렸다. 우두둑. 예전에 세 번이나 접질렸던 발목을 또 야무지게 고장 냈다. 그 길로 아버지 차에 실려 이번에는 정형외과에 갔다. 아버지의 걱정스러운 목소리.

"목에 뼈 걸린 건 어떠니?"
"발목이 너무 아파서 그건 생각도 안 나요."

병원에 가는 도중 어머니는 닭 뼈가 목에서 무사히 빠졌는지 궁금해 전화했다가 내가 발목을 접질려 정형외과에 간다는 소식을 들었다.

"뭐? 발목? 골고루 다 한다, 진짜. 물가에 내놓은 아이보다 더하네. 점심 먹으러 가서 한 시간 사이에 뭔 일이 일어난 거니? 하루에 두 건씩이나…. 그래서 너보고 될 수있으면 나가지 말라고 하는 거야. 나한테 하루에 전화 세번씩 한다고 뭐라고 하더니, 내가 안 하게 생겼니?"

한번은 집에 있던 약의 유통기한을 확인하러 약국에 전화했다.

"이 약, 지금 먹어도 되나 해서요."

"어른이세요?"

약사 선생님의 첫마디에 그만 말문이 막혀 몇 초간 생각했다.

'내가… 어른인가?'

하우스 재즈를 배경음악 삼아 골목길에 앉아 바람을 쐬며 와인을 마시고 싶다는 말에 돌아온 친구의 메시지는 이랬다.

　　너 그러면 경찰이 잡아가.

늦은 시간에 갑자기 동네까지 불러낼 이도 없고, 혼자 카페에 가서 시간을 때우려니 매일 버리다시피 하는 커피값을 낮에 썼는데 저녁에 또 쓰기 아까웠다. 그렇다고 이 좋은 음악을 그냥 집에서 듣고 있자니 저 달을 홀로 떠나가게 두기도 아까웠다. 결국 이래저래 아무것도 못 하다가 생각 않고 웃을 수 있는 드라마나한 편 보고 싶어졌다.

〈내 이름은 김삼순〉.

이 드라마를 십여 년 만에 다시 보았다. 주인공들의 연기가 기똥차게 웃겼던 것으로 기억한다. 그 유쾌한 잔상 때문에 퍼뜩 제목이 스쳐 다시 보았는데 서른이 넘어서 보니 대사 하나하나가 주옥같다.

주인공인 삼순이는 연애, 일, 몸매, 미래 할 것 없이 죄다 불투명해지기 시작한 서른이다. 분명히 작가가 거센 서른의 바람을 맞으면서 기록한 주변의 것들, 세밀하게 느꼈던 관계에 대한 감정들을 드라마로 만든 것일 게다.

유독 현실적 일상과 연애를 그린 드라마의 주인공은 서른 언저리가 많다. 주인공과 친구들이 우루루 몰려다니며 얘기하는 것들은 내가 친구들과 허구한 날 떠들어대는 이야기랑 어쩜 그리 닮았는지. 서른 살이 그렇게 힘든 관문인가. 왜 이렇게 여기저기서 서른, 서른 하는 것일까.

스무 살이라고 사랑을 모를까마는 그 나이에는 제 마음을 이렇다 저렇다 표현하기에 아직은 경험이 부족해 구체적인 예시가 별로 없고 눈앞에 벌어지는 일들을 단편적으로 바라보기 바쁜 것 같다.

그리고 아직 겪어보지는 않았지만 더 큰 오름과 거친 태풍을 견

더 숫자보다는 다른 지키고 싶은 게 많아질 것 같은 마흔에 비하면 서른은 그 나이를 좀 더 깊숙이 탐험할 수 있는 시기일지도 모르겠다.

지나가는 중

수달처럼 누워서 조개 대신 책을 배에 얹고 몇 날 며칠을 뒹굴거렸다. 한 권을 정독하여 끝내는 인내심이 부족해 늘 머리맡에는 읽다 만 책이, 그 책 위에 또 다른 책이, 이렇게 네다섯 권 정도가 쌓여 있다.

어느 큐레이터가 쓴 대중미술에 관한 책은 표지 디자인과 제목으로 미루어 짐작한 것보다 훨씬 재미있어서 다른 책보다 빨리 읽었다. 공감 가는 부분이 많아서라기보다 다른 사람의 일상과 인생관을 훔쳐보는 것이 흥미롭고 대리만족할 수 있어서였다. 하지만 이런 내용이 나올 때는 애써 잠재웠던 욕심과 스트레스가 목구멍 너머로 올라오는 것 같아 읽지 않고 넘기기도 했다.

'끊임없는 자극을 통해 나를 더욱 채찍질하여 더 큰 꿈을 가진다. 씩씩한 모습을 잃지 않으며 세상에 영감을 불어넣어야 한다는 생각과 창의적인 일을 한다는 뿌듯함을 잠들기 직전까지 쉬지 않고 이어나가면서, 아직 거친 어느 땅에 나만의 깃발을 꽂는 것을 목표로 하고 있다.'

난 완전히 지쳐 있었다. 으쌰으쌰 힘을 내어 널리 모두를 이롭게 하자는 식의 파이팅 넘치는 글에서는 어떤 자극도, 도움도, 위로도, 응원도 받지 못했다.

이렇게 다른 필드를 살아가는 사람의 방식을 내 삶에 대입하여 생각해보니, 그동안 긴가민가 머리를 어지럽히며 풀기 어려웠던 문제의 해답 비슷한 문장이 완성되었다. 물론 지금 당장 내뱉고 싶은 마음의 소리겠지.

'나는 나를 채찍질하고 싶지 않다. 꿈이 있지만 더 크게 부풀리려 애쓰고 싶지 않고, 굳이 자극주사 바늘을 팔에 여러 대씩 꽂고 싶지도, 널리 영감을 주어야 한다는 의무감 같은 것도 느끼고 싶지 않다. 잠들기 직전까지 삶의 목표와 방향성에 대해 생각하느라 밤에 꾸는 꿈을 방해하고 싶지 않고, 최종 깃발을 어디에다 꽂을지 맨땅만 살

피며 살고 싶지도 않다.'

불안한 이유는 남의 길을 걷고 있기 때문이다. 더 높은 사
람의 인정을 바라지 말라.

_헤르만 헤세

그림 그리는 데 있어 이제 좀 발전해야 하지 않겠니, 하며 채찍
질한 이유의 절반은 나를 위한 것이었다. 하지만 나머지 절반은
나보다 잘난 사람들과 나를 비교한 뒤 그 잘난 이들에게 인정받
고 싶어서였던 것 같다. 그들처럼 멋있는 작업을 하고, 누구에게
보여도 부끄럽지 않은 과정을 보란 듯이 자랑하고, 그 결과를 칭
찬받고 싶었다.

그저 한 단계 발전하고 싶은 마음일 뿐인데 왜 이렇게 스스로를
힘들게 하고 결국 아무것도 못 하게 만드나 했더니, 더 높은 이
에게 인정받고 싶은 욕망 때문이었다. 그것은 비교나 경쟁만큼
이나 내 앞길을 어지럽혔다. 여태껏 주위의 수많은 목소리에 흔
들리고 있었던 것이다. 나를 흔든 것은 바깥에 난무하는 남들의
목소리였고 오직 내면의 갈망 때문만은 아니었다.

그저 모든 것은 지나갑니다. 제가 지금까지 아비규환으로

살아온 소위 인간 세상에서 딱 하나 진리 같다고 느낀 것
은 그것뿐이었습니다.

_다자이 오사무, 《인간 실격》

삶의 꼬리가 무거워 질척질척 늘어져 간절히 시간이 흘러가기만
바라며 살았던 어느 문학가들이 고통, 분노, 부질없음과 모든 것
을 포기하고 싶은 마음처럼 일상에 가벼이 풀 수 없는 감정을 예
술 작품에 쏟아부어준 것이, 참 미안한 말이지만 나로서는 고맙
다. 그들이 남긴 책에는 나보다 더 멀리 탐험하고 더 깊이 탐구
한 움직임들이 단어와 문장으로 응축되어 있으니 유심히 읽어보
지 않을 이유가 없다.

어린 시절부터 이 일 저 일 다 겪고 요동치는 마음을 다스릴 길
없어 동반 자살을 포함해 자살을 다섯 번이나 시도했던 다자이
오사무가 인생에서 딱 하나 진리 같다고 말한 것이 그것이라면,
믿어볼 만하다.

비전이 뭐예요?

스물다섯, 나는 네모난 사무실 한구석에서 네모난 모니터를 멍하니 바라보며 세상에서 가장 깜깜한 터널을 지나고 있었다.

'언제까지 남의 회사를 위해서 일해야 하는 걸까?'
'언제까지 이 일을 할 수 있을까?'
'이건 회사를 위한 일이지, 내 인생을 위한 일이 아니야.'

회사가 나에게 바라는 일들은 내 가슴을 뛰게 하지도, 내 삶을 윤기 나게 하지도 않았다. 그곳에서 나의 최대 관심사는 점심 메뉴 고르기와 제시간에 퇴근하기였다. 인생의 소중한 시간을 그런 식으로 써버리고 대가로 딱 그 정도의 월급을 받는다는 게 전

혀 멋지지 않았다.

이직 면접을 볼 때 이런 질문을 받은 적이 있었다.

"이 회사에서의 비전은 뭔가요?"

이해가 되지 않아 되물었다.

"비전이요?"

"네, 비전. 예를 들면 팀장까지 승진해서 이런저런 프로
젝트를 해보고 싶다, 뭐 이런 거요."

어떤 대답을 했는지는 기억나지 않는다. 다만 당시 내 머릿속을
가득 채웠던 생각은 단 하나였다.

'그렇다면 난 비전이 없어요. 그런 게 비전이라면 회사에
다니고 싶지 않아요.'

첫 번째 선택

대학교 졸업반, 또래 중에는 대기업의 직원이 되어 있는지 없는지도 모르는 작은 일을 하고 싶다는 친구도 있었고 작은 회사에 들어가 큰 임무를 맡고 싶다는 친구도 있었다. 나는 그때 어떤 일을 하고 싶은지 제대로 의견을 말하지 못했는데 이제는 알 것 같다. 무슨 일이든 좋으니 돈을 못 벌고 힘이 들어도 내가 간절히 원하는 일을 내 손으로 일구고 싶은 맘이 가장 컸다는 것을.

이 사실을 알고 나니 터널은 더 깊어졌다. 그렇다면 내가 좋아하는 일, 원하는 일, 보람을 느낄 수 있는 일, 자본주의 사회에서 돈 없이 살 수는 없으니 돈까지 벌 수 있는 일은 뭘까?

조직에서 비전을 찾을 수 없다면 난 어디에서 비전을 찾아야 할까? 그게 무엇이든 결정하고 나면 새롭게 배우거나 연습해야 한다. 지금 다니는 회사를 박차고 나가면 새로 시작해야 한다니, 순리대로 착하게 살아온 나로서는 두려움이 밀려왔다.

생산적 인생을 살고 싶다는 바람 하나로 회사를 그만둘까 말까를 수없이 고민하는 와중에도, 이십 대 중반이 지나가면 뭔가를 다시 시작하기에 말도 안 되게 늦을 거라는 압박이 나를 힘들게 했다.

내가 우왕좌왕하는 동안 친구들은 꾸준히 회사에 다녀 경력도 쌓고 제법 눈에 띄는 직함도 달았다. 게다가 하필 세 살이나 어린 남자 친구를 만나느라 나이를 굉장히 많이 먹었다는 슬픔에 삼겹살집에서 갑자기 눈물을 터뜨린 적도 있다. 나는 직함은커녕 이제 시작이란 걸 하기 위해 해오던 것마저 그만둬야 하는데. 겁이 나 입술이 타들어가는 시간은 또 얼마나 되었는지.

그렇게 일 년이 흐르고 선택의 낭떠러지 근처까지 다다랐을 때, 나보다 더 깊은 불안감으로 고민하던 어머니가 말했다.

"에휴, 너 혼자 그림 그리면서 일하면 골치 아플 텐데."

그때 확실히 알았다.

"에휴, 회사를 계속 다녀도 골치는 아파요."

회사를 그만두면 매달 생활비를 책임지던 울타리가 사라진다. 이십 대의 뒷자리를 홀로 걸어야 한다. 그래도 상사가 던져주는 일은 하기 싫었고 무엇보다 내 꿈을 부풀게 하는 오후의 햇볕을 블라인드 사이로만 봐야 한다는 것이 가장 견디기 힘들었다. 모두에게 내리쬐지만 나에게는 너무 멀리 있어 온전히 가질 수 없는 햇빛을 너무나 염원했다.

결국 나는 터널 밖으로 스스로를 집어던졌다. 뭘 해도 골치 아픈 거라면 그림을 그리면서 골치 아픈 쪽이 조금 더 나을 거라 생각했다.

더 이상 갈 곳이 없을 때만 방향을 트는 것이 아니다. 잘 가고 있다 싶을 때도, 때론 이 길밖에 없을 거라 생각하던 때도, 걸림돌이 너무 커서 넘을 여력이 없을 때도 어느 순간 방향을 틀 이정표가 생긴다.

스물다섯밖에 되지 않은 나는

안 가본 길이 훨씬 많기에,

어느 길에서 나와 꼭 맞는 풍경을

마주칠지 모르기에

갈림길에서 첫 선택을 한 것이다.

헤매는 시간이 필요합니다

서천석 선생님은 이렇게 말했다.

우리 모두 무언가를 정확히 알기 위해서는 헤매는 시간
이 필요합니다. 엉뚱하게 해봐야 제대로가 뭔지도 분명해
지죠.

_서천석, 《하루 10분, 내 아이를 생각하다》

아주 오래전부터 막연히 꿈꿔오던 것들의 완성작을 보기 위해서
는 과정이 필요하다. 그러니 긴 시간 헤매기만 하며 아무런 성과
가 없는 듯 느껴져 불안하고 초조한 마음이 드는 것은 당연하다.
작업파일이 모인 폴더를 쭉 훑어보며 생각했다. 천천히 오래

도록, 무의미해 보일지라도 헤매는 과정을 행복하게 누리자고. 예전 그림들을 하나씩 곱씹으니 그 그림을 그렸을 때의 감정들이 한창 반복해서 듣던 노래를 다시 들었을 때처럼 생생히 기억났다.

그림은 과거 행복하고 즐거운 때는 물론, 외롭고 슬플 때, 힘들고 쓸쓸할 때, 멍하고 아무것도 하기 싫을 때, 몸과 마음이 말을 듣지 않을 때, 사는 곳이 바뀔 때, 내 옆을 지키던 사람이 사라졌을 때, 인생 최악의 경험을 맛보았을 때도 불러냈다. 때문에 내 감정을 대신해서, 걸어온 길에 흘린 과자 부스러기처럼 남아 있는 그 그림들은 화장실 다녀오듯 단 몇 분 만에 완성된 것이라 할지라도 너무 소중하다.

어릴 때 혼자 바닥에 엎드려 메모지에 볼펜으로 그림을 수십 장
씩 그리곤 했다. 메모지가 많은 외갓집은 지금으로 따지면 공짜
와인이 쌓여 있는 곳이었던 셈이다. 내가 그림을 그리면 어느새
어른들이 와서 구경할 때도 많았다.

'이게 뭐 재밌다고 보는 거지?'

어린 내 눈에는 어른들의 반응이 더 신기했다.

"그림 그리는 게 재밌나 보네."
"얘는 그림 그리는 걸 진짜 좋아해."

좋아하는 걸 하면서 시간을 보내는 아이에게 누구도 왜 하느냐고 물어보지 않는다. 그런데 나이가 드니까 하는 일, 하려는 일에 명분과 이유를 물어보는 사람이 늘었고 나조차도 의미를 갖다 붙여야 안정되고 뭔가 덜 민망했다.

문득 베를린에 가고 싶단 생각이 들었다. 거기에서 전시를 하고 싶었다. 왜 한국에서도 겁냈던 개인 전시를 외국에서 하고 싶은 걸까. 특별한 이유가 있는 건지 몇 주 내내 밤잠을 설쳐가며 생각했다. 곧 다른 해외여행도 예정되어 있고 가을엔 집과 작업실 모두 이사를 해야 하니 베를린에 가기에는 시기적으로 적절치 못하다. 그냥 지금처럼 살면 안정적으로 자리를 잡고 탄탄대로까지는 아니더라도 편안히 살 수 있는데. 전시를 통해 입지를 더욱 다지고 싶은 욕심도 없고 이력 한 줄 더 갖고 싶은 마음도 없는데. 그러면 단지 가만히 있기 싫어서일까? 뭔가를 보여줘야 한다는 압박 때문에? 멋있어 보이니까?

찾지 못했다. 이유 없음. 의미 없음. 절실함 없음. 골똘히 머리를 굴려봤자 답을 찾지 못하는 것은 이것 말고도 천지다. 베를린에서 전시해달라며 부르는 이도, 거기에 가면 좋을 똑 부러지는 이유도 없다면 갈 수밖에 없지. '특별한 이유가 없음'에도 불구, 하고 싶다면 그게 가장 '끝내주는 이유'다.

이제껏 해오지 않은 방법으로 마음을 표현하는 글을 쓰고, 내면에 집중한 그림을 그리고, 평소 잘 쓰지 않던 컬러의 물감을 짜서 색칠했다. 손바닥 사이즈의 그림들을 하루에 두 장씩 거르지 않고 그렸다.

오랜만에 노느라 하루종일 바깥을 쏘다니다 지쳐 돌아온 날에도 어찌 그리 글이랑 스케치 아이디어가 잘 떠오르는지. 한 달간 쉬지 않고 그림을 그리고 이야기를 만들어내면서도 계속해서 이미지가 머릿속에 떠오르고 그럴수록 마음이 맑아지는 신기한 나날이었다.

그렇게 완성한 〈마음 따위〉 그림들은 예상대로 반응이 시원찮았다. 하지만 몇 년이 지난 지금까지도 그 어느 시리즈보다 소중하고 사랑스러운 작품으로 남아 있다. 나중에는 〈마음 따위〉를 레퍼런스 삼아 드라마 티저를 그려달라는 의뢰가 들어와 작업했고 그림과 글을 모아 독립출판도 했다.

그림을 그릴 당시에 보는 사람을 의식했더라면 얼마든지 더 예쁘게 그릴 수 있었지만 단지 예쁜 그림, 그것으로 끝이었을 것이다. 컬러는 나를 숨 쉬게 하지만 누군가를 유혹하는 데 이용하는 순간 빛을 잃는다. 눈길을 끌기 위해 탐나는 색깔로 치장하고 남들이 닦아둔 지름길에 들어가 편하게 걷고자 하는 무의식은 항상 신경 써야 할 적이다.

〈마음 따위〉 시리즈는 '스스로 만족하는 값진 순간이 있다면 천진난만하게 온전히 나만의 즐거움에 도취되고자 노력했던 때'라고 말할 수 있는 작업물이다. 풍파에 흔들리지 않을 만큼 단단하게 뿌리를 다지기 위해, 헤매는 시간을 무시하지 않고 즐거움으로 받아들이기 위해 그림을 그렸던 시간 동안 마음도 함께 다듬어진 것 같다.

평면지각능력

그림을 입체적으로 그리고 싶지만 그렇게 안 그리는 이유는 못 그려서다. 어릴 때부터 공간지각능력이 좋지 않아 지하도 같은 데 혼자 두면 알아서 목적지까지 가본 적이 거의 없다. 이 통로, 저 통로 죄다 들쑤셔본 다음에야 겨우 찾아가는, 길 못 찾기 능력자다.

한 번 가본 길이라고 머릿속에 곧장 입력되는 경우도 극히 드물다. 지독한 반복학습 끝에 길의 시작점과 끝점을 이을 수는 있으나 중간에서 마주치는 장소들의 순서는 뒤죽박죽이다. 그러니 평면 위에 입체적 지도를 그리는 것도, 입체적 공간을 구성하는 것도 내게는 너무 어려운 일이다.

평면지각능력만 쥐꼬리만큼 갖추었다 할 수 있다. 게다가 안 될

성싶은 것에는 포기가 빠르다. 한계를 뛰어넘기 위한 열정과 노력으로 입체적 그림을 완성할 수도 있겠지만 그러기에는 내가 가진 평면지각능력을 그대로 두는 것이 아까우니, 조금 더 쉽고 재밌게 할 수 있는 후자의 성장을 돕기로 했다. 할 수 있는 것을, 잘하는 것을 우선 하기에도 시간이 모자란다. 그래도 입체적 그림에 대한 갈증이 완전히 가시지는 않아서 가끔 시도를 하긴 한다. 주로 한 번의 시도에 그치고 곧 다시 평면을 아름답게 꾸미는 일에 몰두하지만.

드로잉 수업을 하면 학생들이 자꾸만 자기 능력 밖의 기술로 그리고 싶어 한다. 해보다 잘 안 되면 짜증 내고 자기비판을 하다가 아예 포기해버린다. "난 역시 못 그려." 하며 연습장을 덮는 경우를 수두룩하게 보았다.

   "정말 정말 해내고 싶은 표현 방법이 있으면 지루하리만
   큼 긴 연습 과정을 견디며 연습해보세요."

처음엔 정석대로 말하지만 곧장 이렇게 얘기한다.

   "힘들면 그냥 포기하세요. 대신 자기가 가진 장점, 특성

을 그럴듯하게 닦는 데 시간을 더 쓰세요. 콤플렉스를 장
점으로 바꾸는 법을 연구하는 편이 나아요. 그 안에서 자
신만의 매력을 발견하는 게 훨씬 빠르고 마음도 한결 가
벼울 거예요."

단점을 빠르게 인정하고 내가 가진 매력을 더욱 갈고닦으며 사는
것도 단점을 극복하기 위해 노력하는 것과 엇비슷한 정도의 노력
을 해야 한다. 기왕 노력하는 것, 기분 좋은 쪽으로 방향을 잡고
몰두하는 게 낫다. 사는 방식도 똑같다고 본다. 대부분이 따라
하고 싶거나 부러워하는 이상적인 삶의 모습이 있겠지만 신경 쓰
고 싶지 않다. 내 삶이 가진 매력을 가장 잘 살릴 수 있는 쪽으로
살고 싶다.

상대적 완벽함

그림을 그릴 때, 크기나 간격을 이렇게 저렇게 하면 예쁘다는 나름의 공식이 있지만 정답이 있는 건 아니다. 때론 정형화된 공식이나 규칙이 오히려 그림이 주는 매력을 반감시키기도 한다.

나는 매끄러운 것보다 찌그러진 것이 좋다. 완벽하게 맞아떨어지거나 딱 중간에 위치하지 않고 생기다 만 것 같으며 어딘가 모르게 덜떨어져 보이고 정확한 의도라곤 찾으려야 찾을 수 없는, 눈금자를 쓴다면 지루하기 짝이 없다고 생각할 만한 곳에서 만들어진 것 같은 그런 것들이 나에게는 가장 완벽한 모습이다.

고통과 사랑이 상대적인 것처럼 '완벽'에 대한 기준도 상대적이다. 또한 아름다움은 만들어내는 게 아니고 건져내는 것이므로, 나는 아름다운 걸 만들어내는 사람이 아니라 사물이든 사람이든

그것이 갖고 있는 것 중 아름다워 보이는 부분을 건져내는 사람
이다. 여기저기서 발굴한 못생긴 것들을 비대칭과 어긋난 배열
로 덕지덕지 붙이면 내 눈에는 더없이 완벽하고 아름다운 작품
이 된다.

마음을 따라가는 중

내가 좋아하는 것들로 삶을 채우기 위해

조금 더 흘러가도 괜찮아.

스무 살이 되면 옷도 마음대로 사 입고 술도 마실 테니 저절로 어른이 되는 줄 알았다. 정작 스무 살이 되니 드넓은 세상이 온통 안개로 가득했다.

스물셋, 안개 속을 헤집고 헤집어도 도무지 손에 잡히는 거라곤 없었다. 어른이 되기에는 이십 대도 부족했다. 그렇다면 이제 소원은 하루빨리 서른이 되는 것이었다.

7년이 지나면 삼십 대에 접어들 것이고 나는 진짜 어른이 될 것이다. 제대로 나이 먹은(?) 서른의 여자라면 넓은 오피스텔 한쪽 벽면에 색색으로 구두를 사 모은 진열장 정도는 당연히 갖고 있으리라, 나 같은 애가 설마 나이 먹고 아무것도 안 이뤄놓지는 않으리라 하며 서른이 될 꿈에 부풀었다. 하는 일도 야무지게 하면서 어디 내놓아도 할 말은 하는, 멋지고 쿨한 존재가 되어 있을 거라 생각했다.

생각이 상황을 만들어내고 생각의 변화가 상황의 변화를 가져온다. 호기롭게 회사를 그만둘 때 반대하는 이도, 부러워하는 이도, 걱정하는 이도, 응원하는 이도 있었다. 친구들의 간섭과 응원을 한 몸에 받으면서 새 출발을 했고 고민할 때보다 몇 배나 더 캄캄한 터널 속에서 자리 잡기 위해 일 년을 보냈다. 그러고는 생각보다 이른 시기에 꿈꿔왔던 많은 걸 차례로 해보았다. 여전히 희뿌연 안개 속에서도 잡히는 게 생겼고 어렴풋이 앞이 보이는 것도 같고 정녕 아무것도 안 보일 때는 그냥 걷기만 해도 된다는 것을 알게 되었다.
스물세 살에 꿈꾼 분홍빛 미래처럼 안개 없는 찬란하고 안락한 천국에서 구두나 골라 신으며 사는 건 아니었지만 그렇다고 스물다섯에 걱정했던 끝없는 내리막길도 아니었다.

스물여덟이 되자 프리랜서 커리어에 가속이 붙어 앞으로 어떻게 살아야 할지 훤히 다 알 것 같았다. 그렇게 바라던 서른도 코앞이었다.

'훗, 서른 별거 없군.'

이제 자리를 좀 잡나 했더니 생각이 또 달라졌다. 한 번쯤 외국에 나가서 살아봐야겠다는 생각이 들었다. 유학이란 단어가 내 인생에 끼어들 것이라고는 상상조차 하지 않았다. 그런데 도대체 어디서부터인지 생각의 싹이 한번 자라나니 유학 갈 상황이 조각조각 만들어졌다. 결국 나는 런던에 있는 대학원에 진학했다.

상황이 완전히 바뀌니 생각이 또 달라진다. 달라진 생각은 또 다른 상황을 불러내고 나의 생각을 또다시 바꾼다. 그렇게 맞물리면서 계속 바뀌어가고 있다.
휴, 다시 이렇게 복잡해지기냐.

웃고는 다니지만 막연히 두렵고 고민이 되었다. 모든 것이. 더 배우고 경험하고픈 갈증은 돈이나 일 때문에 자꾸 뒷전으로 밀려났다. 결국 목마름을 참을 수 없게 되어, 그럼 어디 한번 런던에서 학교를 다녀보자며 마음을 먹었다.

가볍게 시작한 생각이었지만 혹여나 두렵고 고민되어 결정을 번복할까봐 후루룩 진행했다. 배고플 때 국밥 넘기듯 시간이 지나갔다. 일단 물을 쏟아버렸으니 어떻게든 주워 담으려고 손발이 바쁘겠지.

스물아홉 살이 되던 해 여름, 기쁨을 누릴 새도 없이 부랴부랴 런던행 비행기를 탔더니 어느새 작아져버린 서울이 눈앞에 있었다. 아무것도 보이지 않는 구름 속으로 들어가니 또 혼자가 된 것을 실감했다. 뭘 하든 그간 모은 돈이 0원이 될 때까지 쓰고 돌아오리라.

ALL THE TIME

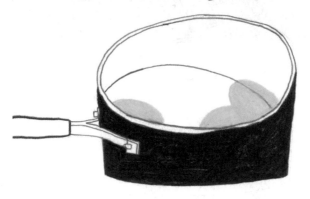

런던이라는 정글

런던에 도착한 날은 방 밖으로 한 번도 나가지 않았다. 누군가를 마주칠까 무서웠고 그러면 눈인사라도 해야 할까 걱정되어 런던이라는 정글에 도착한 첫날은 아무것도 할 수 없었다.

바깥 날씨는 좋은 것 같았다. 발이 쳐진 통유리 창 너머로 서울 우리 동네에서는 보기 힘든 새까맣게 우거진 나무와 날아가는 새를 보면서 가만히 누워 있었다. 갓 태어난 참새의 마음을 이해할 수 있을 것 같았다. 나와 인연이 깊고 얼굴이 익숙한 사람이 보고 싶었다. 목소리를 듣고 싶었다. 처음이라는 단어가 내 몸을 눌러서 침대 위에서 일어날 수가 없었다.

이사

서울에서도 이미 네 번이나 이사를 했다. 그런데 런던에서 적응하기도 전, 집을 알아보느라 돌아다니고 서툰 영어로 전화하며 3개월 동안 세 번이나 집을 옮겨 다니면서 이사에는 이골이 났다. 하필이면 4년 남짓한 연애도 끝나 마음이 어디 하나 기댈 곳을 못 찾아 밥을 먹어도 허기를 느끼던 때였다.

가로등이 몇 없어 밤이 되면 그저 깜깜해지는 바깥을 하얗고 부드러운 레이스 커튼 너머로 초점 없이 바라보며 생각했다.

'어디 그냥 뿌리 내리고 살고 싶다.'

날씨가 무르익어 어느덧 길거리 초록의 종류만 세어도 시간 가는 줄 모르는 계절이 왔다. 나는 런던에 적응했다. 슈퍼나 카페가 문 닫는 시간, 자주 가는 곳들까지의 지름길, 다달이 해가 뜨고 지는 시간, 자주 먹는 음식 재료의 가격 같은 것에 익숙해지면서 느끼지 못한 사이에 애정이 생겨났다.

5월부터 핀 장미는 수개월간 꽃잎이 떨어질 줄 몰랐다. 나는 머리가 길었고 화장을 할 일이 없었고 해나는 날이 드물어 주근깨도 생기지 않았다. 겨울엔 내 피부가 이런 날도 있나 싶을 정도로 혈색 없이 하얘질 때도 있어서 기분이 좋았다.

장미가 피고 화창한 날에는 무조건 나갔다. 맘만 먹으면 당장 나갈 수 있을 만큼 할 일도 없었다. 집 안 조명이 어두워서 해가 지면 나도 그냥 잤다. 흐린 날이 많기로 악명 높은 영국이었지만 장미가 넝쿨째 풍년을 이루니 다른 것은 용서되었다.

집 앞에는 크지도 작지도 않은 공원이 있었는데 가로수 길이 가로질러 나 있었다. 저녁에 가면 따뜻해진 잔디 위로 나무에 걸린 지는 해를 볼 수 있어 기가 막혔다.

황홀한 풍경은 슬픔도 두 배로 키웠다. 절정이 되어 숱이 많은 가로수가 뼈만 앙상해졌다가 다시 머리가 돋아나고 지금처럼 풍성해지면 서울로 돌아가야 한다는 생각에 마음이 떨렸다. 그때부터 가로수 이파리들이 행여나 바람에 떨어질까 노심초사, 겨울에는 빼빼 마른 나무들을 보면서 제발 잎이 나지 말라고 기도하기도 했다.

꽃 피는 거리들을 걸어 템즈강 구경하러 나가는 걸 좋아했다. 해가 살짝 넘어갈 즈음 이국적인 주택가를 지나 강에 도착하면 햇빛 때문에, 나무 때문에, 물 때문에, 물에 비친 햇살과 나무 때문에 수시로 감동했다. 창밖으로 어두운 밤을 보는 날이 익숙해져 달 기우는 걸로 날짜도 셀 수 있을 것 같았다.

강을 따라 이어진 산책로, 벤치와 풀밭에 앉은 사람들은 그저 물을 바라보거나 아이스크림을 먹거나 책을 읽으면서 각자의 시간을 부는 바람에 흘려보냈다. 나도 아무 데나 자리 잡고 앉아 흘러가는 강물에 비치는 나무의 흔들림이, 표면의 햇빛이 쉴 새 없이 바뀌는 걸 보았다.

어느 날은 바람 소리만 들리고 아무것도 들리지 않았다. 이사에 대해서도, 헤어짐에 대해서도, 과제나 리서치에 관해서도, 서울에 두고 온 커리어나 친구 관계에 대해서도.

심심함과 휴식 사이

런던의 여름은 해가 길다. 저녁 9시가 넘도록 바깥이 환하다. 그 래봤자 늦게까지 열려 있는 카페나 레스토랑은 드물지만.

여름에 낮이 길어 좋은 건 방 안에서 그림을 그릴 때다. 조명이 어두워서 어떻게 해서든지 해가 떠 있을 때 자연 빛을 조명 삼아 그림을 완성하려고 온 정신을 다하는데 그럴 때마다 내가 반딧 불에 의지해 글을 읽던 선비가 된 듯 의기양양했다. 그러다 집중 력이 바닥나서 낮잠을 잠깐 자고 일어나면 노을이 지고 있어 초 조하고 아쉬웠다.

서울에서는 언제든 할 수 있고 어디서든 알 수 있고 없는 게 없 으니, 아무런 핑계도 통하지 않을 것 같고 숨을 곳도 없어 답답 했다. 그에 비해 영국에서는 핸드폰을 멀리 두고 계절이 바뀌는

모습을 감상할 일이 훨씬 많으니 심심하긴 해도 눈과 마음은 풍요로울 수밖에 없다. 게다가 어둠을 억지로 밝히는 가로등마저 드물다. 이곳 사람들이 여유로워 보이는 건 진짜 시간이 많아서가 아니라 정신을 쉬지 못하게 하는 것들이 많지 않아서다.

언젠가 지붕이 뚫린 이층버스를 타고 산 속 나무터널을 지나가면서 나뭇잎이 바람에 부딪쳐 사락거리는 소리를 들었다. 그 소리를 들으면서 긴 침엽수 나무 기둥이 어떻게 그려질지 상상했다. 그리고 '내가 침엽수 나무 기둥 그리는 걸 상상하는 것처럼 누군가는 저 나뭇잎 부대끼는 소리가 어떤 사운드로 만들어질지 상상하겠지' 하고 생각했다. 그런 생각이 앞으로 뭘 하며 먹고살지, 어떤 욕심을 부려볼지, 누구에게 내 인생을 자랑할지에 대한 생각보다 압도적으로 많은 날들이었다.

낮잠 때문에

유학생이 되어 외국 생활에 온 몸으로 부딪치고 있을 때 의뢰받은 일이 무산된 적이 있다. 지금은 그런 일이 다반사지만 그때만 해도 처음 겪는 일이라 적잖이 당황했다. 그렇게 의뢰가 들어왔다가 취소되는 일이 연달아 세 번이나 일어났다. 어떤 때는 비용 문제로, 어떤 때는 그림 스타일이 맞지 않는다며 다 된 밥이 엎어졌다.

'세상에, 내 그림을 거절하다니.'

처음엔 부아가 치밀어 발로 땅을 쾅쾅 쳐도 분이 풀리지 않았다. 자존심이 긁혔지만 분풀이할 방법이 없었기에 꾹 참으며 받아들이기로 했다. 그러는 동안 4년차 초짜의 되지도 않는 자만심이 슬쩍 꺾이기 시작했다. 원래 욕심이 많아 그런 일이 있고 나면 가만히 있지 못했다. 학교 과제는 일주일에 3일만 하고 나머지 4일은 종일 그림만 그렸다.

그때부터 자주 불안했다. 많은 것에 관대하고 쿨한 줄 알았던 내가 유일하게 복잡해지는 때는 감정이 불안정해 그것의 원천을 찾아가는 생각이 여정을 시작했을 때다. 이 불쾌감이 어디서부터 오는 건지 세세한 이유들을 찾아내려 감정의 골짜기를 헤집고 다니노라면 어느새 하루가 지나고 허망한 기분만 남았다.

가만히 잘 지내던 어느 날, 갑자기 불안해졌다. 낮잠 때문이었다. 점심을 먹고 나면 몽롱해서 견딜 수 없었다. 눈꺼풀이 자꾸 감기는 게 낮잠을 자고 싶은데 그 기분만으로도 불안은 커졌다. 왜냐하면 아직 해가 중천에 떠 있는 낮이니까. 안 좋은 생각은 꼬리를 물어 엉뚱한 데로 튀고 해결할 수 없는 부분까지 줄지어 등장했다.

다른 사람들이 한창 일하는 낮에, 일도 줄줄이 취소되고 있는데 벌러덩 누워 잔다는 게 말이 되니? 정말 하고 싶은 일이 생겼는데 외국에 있는 바람에 또 못 하게 될지도 몰라. 지금 잠깐 못 한 일들이 다시 서울로 돌아가면 아예 없어질지도 몰라. 그렇다고

그 일들을 다 하면 개인 작업을 할 시간이 없을 거야. 개인 작업을 할 시간이 있는데도 지금처럼 졸리면 할 수가 없잖아. 그런데 잠이 오는 걸 나더러 어떡하란 말이야. 스트레스가 쌓이는군. 스트레스 받으면 초콜릿 먹는 습관을 못 버릴 텐데. 그러면 허벅지에 생겨버린 셀룰라이트가 영영 안 없어질 텐데.

낮잠 하나 가지고도 별 영양가 없는 고민에 살을 더한다. 불어난 불안감에 결국 낮잠 잘 시간도 놓쳤다.

불평불만

일을 갓 시작했을 때 하루가 멀다 하고 새로운 사람들로 허기를 채우던 나는, 이제 막 걸음마를 떼어 세상이 눈에 보이고 작은 것에도 놀라워하는 꼬마나 다름없었다. 프리랜서로서 맡은 일들은 전부 처음 해보는 일이어서 설익었지만 톡톡 튀는 과정 속에서 모든 게 신기했다. 매 상황이 바라온 순간이었다. 하는 일마다 결과가 좋았고 예상하는 것마다 착착 들어맞으며, 염원하던 것은 다 익은 과일이 나무에서 떨어지듯 손바닥 위로 툭 떨어졌기에 늘 난복 받은 사람, 운 좋은 사람이었다.

불만이 생겨날 틈이 없었다. 끝없이 펼쳐진 망망대해가 그저 찬란해 감격을 이기지 못하고 그 바다 위를 맘껏 뛰어다니는 기분에 젖어 살았다. 하고 싶은 일도 많고, 해도 해도 모자란 일들이 있고, 그걸 다 하고도 넘쳐나는 에너지가 있고, 남자 친구가 있고, 돈도 있고, 자유도 있었다. 불평불만을 늘어놓는 사람을 보면 왜 그렇게 부정적이냐고 핀잔주고 싶은 맘이 굴뚝같지만 예의상 참았다. 그 사람의 상황이나 사연은 남의 일이었다.

도전하고 행동하는 데 있어서는 또 얼마나 깃털처럼 가벼운지, 망설임이란 단어는 생각해본 적이 없었다. 그러니 저마다의 생각이 시작되는 곳에 얼마나 다양한 저마다의 무게가 있는지 알리 없었고 사람들이 무엇 때문에 망설이는지 이해되지 않았다. 그래서 어떤 것을 하기에 앞서 주춤하는 사람에게 "Why not, just do it."이라는 말을 너무 쉽게 내뱉었다.

내가 운이 좋은 이유는 그저 성격이 털털하고 사물의 좋은 면만 보아서 그렇다고 스스로 단정했다. 그러나 운 좋은 사람의 맘대로 쉽사리 이루어지던 세상은 런던에 가기 전까지였다.

이십 대의 끝자락, 런던에 도착하면서부터는 마음대로 되는 게 하나도 없었다. 정말로 하나도! 긍정적인 마음을 먹었기에 일이 잘 풀린다는 것은 그냥 우연히 아귀가 맞아 일이 잘되었을 때의 착각이었다. 생각처럼 모든 것이 매끄럽게 흘러가지 않는다는 걸 그제야 알게 되었다.

"하고 싶으면 하세요!" 하며 자신만만하게 떠들고 다녔는데 내가 뱉은 말들이 나를 혼란스럽게 했다.

서른의 여름

하루걸러 친구들을 불러다 흥청망청 하우스파티를 열 수 있을 줄 알았다. 두들링 이벤트에 참여하고 그러다 우연히 전시까지 이어지는 행운도 생길 줄 알았다.

5년 전 한 달간 베를린을 여행하면서 얻었던, 우연치곤 커다란 인연과 문화적 경험과 기회를 런던에서도 당연히 만날 거라 믿었다. 기대만큼 못 했던 핑계를 대려면 많았다. 학교 프로젝트 때문에, 사는 곳이 런던 시내에서 40분쯤 떨어진 곳이라 소소하게 벌어지는 이벤트에 다 기웃거리기에는 차비가 만만치 않아서, 사실은 영국에서 만난 친구와 열렬히 연애하기에도 바빠서. 그런 이유들로 오기 전 바랐던 즐거운 일들에 적극적으로 매달리지 않았다.

어느 것 하나 성공시키지 못했다는 압박이 내려앉았다. 하나를 했는데도 둘을 하지 못했다는 욕심 때문에 그렇게 느꼈는지도 모른다. 마음이 그 어디에도 자리 잡지 못해 횡설수설하던 서른 살의 여름은, 그 기복이 더욱 심하고 코앞이 보이지 않는다며 허우적거렸던 어린 날의 새하얀 나이로 되돌아간 것 같았다.

꼭 하리라 마음먹었던 것이 시간이 지나면서 자연히 사라질 수도 있었다. 완벽하다며 자랑스러워한 목표나 꿈이 푸우우 바람 빠진 풍선마냥 너무도 힘없이 쪼그라들어 상상조차 해보지 않은 초라한 모양새로 바뀔 수도 있는 거였다. 변덕 심한 파도에 그 많던 반짝이던 조개껍데기들은 다 밀려가고 웬 초라한 미역이 쓸려왔다가, 다시 보면 그마저도 사라지고 모래밭에 남지 않은 상태의 반복이었다.

틈

아무것도 하고 싶지 않아서 누워 있는데 잠마저 오지 않아 머리만 찢어지는 밤이었다. 다른 사람들이 그린 그림이라도 보게 된 날엔 마음이 헛헛해 견딜 수 없었다.

'저 틈을 비집고 들어가 뭘 하려고 이 짓을 하고 있는 거야?'

슬럼프는 내 인생에서 나갈 생각이 없어 보인다. 걷잡을 수 없이 깊어만 간다. 아무리 가도 목적지가 보이지 않는 허공으로 발걸음을 힘겹게 떼는 기분. 이런 약해빠진 모습을 스스로 인정하는 게 가장 힘들다. 아무 일도 손에 잡히지 않을 때마다 내가 할 수 있는 일이라곤 다음 날 먹을 것을 만들어놓는 것뿐.

채소, 치즈, 달걀을 몽땅 꺼내어 볶은 다음 냉장고에 넣어 두고 방으로 돌아왔다. 다시 눕는다. 천장은 한없이 침침하다. 어떤 날은 이런 감정이 아침부터 쓰나미처럼 몰려왔다 저녁이 되면 온통 물바다가 된다. 다 휩쓸려가고 뭐가 남았는지도 모르겠다. 정신을 차리면 나는 물 위의 폐자재들과 함께 둥둥 떠 있었다. 모든 게 쉽지 않았다.

인생은 설렘과 도전의 연속이었다가도 체념, 우울, 좌절과 포기의 연속이기도 하다. 새삼스레 지독한 사춘기를 다시 겪고 있는 지금, 타이어를 끄는 달팽이처럼 날짜는 더디게만 흐른다. 생각이 오고 가나 어느 것 하나 마주치지 않고 제각기 지나쳐 대답 없이 물음만 무더기로 남았다. 어떤 그림을 그려야 하나, 어떻게 그려야 하나, 누굴 위해 그려야 하나, 어떻게 해야 인정받으면서 돈도 많이 벌 수 있나, 이따위 질문들이 나를 초조하고 우울하게 만들었다.

안간힘을 쓰고

땀을 뻘뻘 흘리며 오르고 또 올라도

끝이 보이지 않아.

더 채우고 싶어 애를 써도.

욕심내지 않고 즐겁게 살고 싶어.

숨이 탁탁 막히고

도망갈 곳 없는 시간 속에서도

즐겁게.

욕심내고 싶지 않아.

그런데도 나는 거짓말쟁이인지

또 욕심을 부리고

온갖 부정한 나락으로 가려고

자꾸만 안간힘을 써.

활기와 밝은 빛이 떠나간 자리에

차가운 그림자만 남았다.

내 것은 이것뿐일까.

누군가 과거의 언제로 돌아가고 싶으냐 물으면 주저 없이 스물 다섯이라고 말하곤 했다. 음악영화제에서 사흘 밤낮을 춤추고 맥주를 마시며 영화를 보고, 재즈 페스티벌에서 아침에는 악기를 연주하고 저녁에는 감성을 풀어헤치는 재즈를 들으면서 며칠 동안 씻지도 않고 놀았던 것이 꿈같다.

신선한 사람들을 만나고 이야기하며 보냈던 오손도손한 날들을 잊을 수 없다. 대신 진로와 꿈에 관해서는 누구보다 막막해 매일 머리를 싸매고 끙끙댔었지. 언제나 이렇게 애정과 증오로 가득 찼던 시기가 오랫동안 기억에 남는 것 같다.

나이를 먹으니 돌아가고 싶은 때도 업그레이드되었다. 이젠 런던에 있었던 스물아홉의 나로 돌아가고 싶다. 푸른 나무와 흐르는 강물 곁에 아무것도 모르고 처음 떨어졌던 때가 무척 그립다. 물론 런던 유학 생활은 여행이 아니고 실전이었으며 최초로 부정적 마인드를 얻은 때였다. 점점 도태되는 느낌이 들어 더 이상 머물고 싶지 않았던 런던. 내일로 미룰 일이 제발 있었으면 좋겠고 생각했다. 할 일이라곤 예쁜 방구석에 엎드려 새로 나온 과제를 해석하는 것 정도였으니 그때는 열정이 쏟아지던 서울이 그토록 간절했다.

신세 한탄을 하면서도 결코 지겨워질 수 없는 초록에 둘러싸여 감탄하며 걸었던 골목길은 더없이 따뜻한 추억으로 남았다. 런던에서 졸업전시를 하면서 기대하지 않았던 높은 점수도 받았고 일 년 동안 유럽 곳곳을 여행했으며 비록 지금은 이별했지만 남자 친구와 풋풋한 연애를 한 것이 불과 얼마 전. 되짚어보면 겉으로는 퍽이나 남들이 부러워할 만한 생활을 했는데도 여러 가지 사소한 이유로 내 곁에 있던 좋은 일들을 부정했다.

어느 화창한 날, 집에서 하루 종일 과제를 하느라 바깥 공기 한 번 못 쐬어본 것이 억울해 창밖 너머로 보이는 동네 사진을 찍어 SNS에 올렸다. 친구들이 사진을 보고 흥분하여 부럽다고 난리였다.

"어머, 동네가 너무 예뻐. 나도 거기에서 살고 싶어."

"살면 다 똑같지 뭐. 나도 집 안에 앉아서 보는 거야. 과
제하느라 나가지도 못해."

"그냥 그 집에만 있어도 좋겠어. 거기에 사는 것만으로도
네가 부러워."

삼시세끼 뭐 먹을지 걱정하면서 마트에서 장 보고, 배부르면 산
책하는 일상은 거기서 거기인데 뭐가 그리 부러울까. 투덜대며
매일 걸었던 거리는 내일도 똑같을 테니 사진도 제대로 찍지 않
았다. 그런데 요즘, 대충 찍은 그때의 사진들을 한 장 한 장 음미
하면서 버릇처럼 넘겨 보고 있다. 마음대로 되지 않아 좁을 대로
좁아진 마음 탓에 아름다운 공간과 복에 겨운 날들을 제대로 보
지 못했다고 사진과 지나간 시간이 이야기해주었다.

아직도 옛날 전구를 끼워 방 안을 어둡게 비추는 샹들리에가 있
고 여름에는 추워서 이불을 세 겹이나 덮어야 하는 학교 옆 낡은
집. 벽은 하얗고 길거리는 깨끗하고, 아무도 신경 쓰지 않는 정
원에도 작고 귀여운 꽃들이 피어 있었다. 서른이 다 되어서 학교
에 다닌다는 사실도 그때는 다 늦어서 웬걸 하며 민망해했는데,
이제 와 떠올리면 아기나 다름없었다.

지긋지긋하던 것들이 어느새 아련하게 남아 이제는 돌아가고 싶

은 순간 중 일등을 차지하고 있다. 하루걸러 하루씩, 과거에 대한 집착과 애착, 후회로 똘똘 뭉쳐진 실타래들을 풀다 잠드는 지금 이 순간도 나중에 보면 진짜 소중한 때로 기억될지도 모르지.

이제 그만

황홀함과 힘겨움이 한 마음에 회오리쳤던 런던 생활을 어찌어찌 잘 마치고 조금은 도망치듯 서울로 돌아왔다. 다른 친구들은 남은 한 방울까지 싹싹 긁어 먹는 심정으로 비자 만기일까지 여행도 다니고, 학교 때문에 제대로 즐기지 못한 런던 라이프를 맘껏 즐겼지만 나는 너무 일찍 지는 해와 오후 6시면 인정사정없이 문 닫는 카페들이 미웠던 터라 더 있고 싶은 마음은 눈곱만큼도 없었다.

8개월도 더 전에 비행기 티켓을 사놓고 어서 아늑한 터전으로 돌아가 바닥난 잔고도 메꾸고 다시 활기차게 일할 서울의 나날을 오매불망 기다렸다.

바람대로 인천공항에 도착하자마자 캐리어 두 개에 짐을 이만큼 짊어지고 강남역 어느 회사에서 미팅을 했다. 살아 있는 기분을 느꼈다. 긴 여독을 풀기는커녕 시차적응을 할 새도 없이 일을 시작했다. 외주 작업과 드로잉 수업을 진행하면서 작업실도 구하러 다녔다. 한국과 런던에서 계속되던 이사에 불안하던 마음이 공간에 대한 욕구로 폭발했는지 작업실을 구하겠다며 일주일 동안 매일 아침에 나갔다가 해질녘에 들어오곤 했다. 한번 시작하면 쉬지 않고 몸을 혹사하는 버릇이 어디 가지 않은 모양이다.

눈에 실핏줄이 터지고 집에만 오면 힘들다 쉰 소릴 하면서도 멈춰지지 않았다. 그림 그릴 곳을 찾느라 그림 그릴 시간도 없이 뭐하나 싶었다. 유학 준비 한다고 영어시험 공부에 매달리던 때도, 몇 달 동안 그림 한 장 그릴 시간이 없으니 공부를 왜 하는지 목적마저 잃고 힘들었던 적이 있었다. 그럼에도 불구하고 전부나 좋자고 하는 일들이기에 이만큼 힘든 건 당연한 것이라 생각했다.

잠잘 때조차 긴장을 풀지 못하다가 일어나기 무섭게 조급히 움직이던 어느 아침, 어깨에 지고 있던 당연한 버거움이 떨어져 발등을 콱 찍었다. 아야!

'아, 이제 그만 굳세어지고 싶다.'

전시하실래요?

전시 제의가 들어왔다. 꽤 큰 규모의 갤러리였다. 기획된 전시 라인업도 훌륭했지만 쉽게 대답하지 못하고 전화를 끊었다. 그 큰 공간을 잘 채울 수 있을까, 전시에 참여하는 다른 작가들에게 누가 되지 않을까, 누가 내 그림을 궁금해나 할까, 많이 지쳤는데 몸이 버텨낼 수 있을까. 온갖 부담되는 것투성이에 마음 한구석 망설임까지 얹어 기다리던 제안이었음에도 명쾌하게 답하기 어려웠다.

집과 작업실을 오가는 거리가 꽤 긴데 볼일도 없으면서 하루 종일 몇 번씩 그 길을 왔다 갔다 했다. 넋이 반쯤 빠져 있었다. 무조건 'yes'라고 해놓고 똥줄 빠지도록 뒷수습하는 스타일이었는데 이제는 그럴 수 없었다. 몸과 마음, 머릿속까지 바닥나버렸나

LCTIVE

JAME

IRISH VE

보다.

바람을 쐬면 좀 나아질까, 시끄러운 마음을 달래려 어디 산속 절에라도 다녀오고 싶어 인터넷을 뒤지다가도 뭐가 걸리는지 그것도 하지 못한다. 돈, 시간 운운하면서 갈피를 못 잡고 억눌리는 감정을 주체하지 못해 저녁엔 동네 골목을 자전거로 몇 바퀴나 돌았는지.

'그래, 나는 어쩌면 눈에 보이는 큰 것들은 망설임 없이 잘 해나가지만 사실 사소한 것들 앞에서는 망설이고 또 망설이다가 결국 하지 못하는 인간이었던 거야. 나는 내가 생각한 것보다 게으르고 용기 없고 망설이는 사람인가봐.'

너, 되게 잘하고 있어

열심히 해도 시련은 오는구나. 사흘 밤을 꼴딱 새고 심장까지 조여와 숨 쉬기조차 힘든데 오후 촬영 일정 때문에 마음 놓고 펑펑 울지도 못했다. 이대로는 안 되겠다며 병원에 전화를 걸었다. 예약을 하려니 주민등록번호를 말하래서 앞자리를 부르는데 이런 젠장, 오늘 내 생일이네.

늦더위에 온몸이 너덜너덜한 상추처럼 늘어졌다. 몸 어디도 성한 구석이 없어 일 년 내내 병원을 참 골고루도 다녔다. 그러다 보니 웬만한 일에는 슬프거나 놀라지 않게 되었고 크게 기뻐하거나 즐거워하는 일도 줄었다.

누구보다 높낮이가 크던 감정의 굴곡이 이토록 완만해질 수 있다는 게 신기하다. 글을 쓰려고 랩톱을 챙겨 집 앞 카페로 길을 나섰다. 가는 길이 산들산들한 게 기분이 좋았지만 이런 처지에 느껴야 한다는 사실이 우울을 보탰다.

몸이 아픔과 동시에 목표 상실과 좌절, 지나친 의무감, 책임에 대한 부담감, 그래서는 안 된다는 죄책감이 끊임없이 찾아들었다. 사회 구성원으로서, 아티스트로서, 수업을 이끄는 사람으로서, 결혼이 하고 싶은데도 불구하고 애인이 없는 사람으로서 나는 어떻게 살아야 하나. 나의 행복과 만족을 위해 만들어낸 소명의 소용돌이 속에서 정작 '나'의 손은 놓치고 주저앉아 우는 꼴이었다. 탄탄하다고 착각했던 엷은 정신력이 와르르 무너졌다. 뭐 얼마나 대단한 밥상을 바랐기에 이만큼이나 진수성찬을 차려놓고도 성에 안 찼나 싶다. 서울 컴백 기념, 작업실 오픈 기념으로 하루가 멀다 하고 사람들을 만나다가도 집에만 들어오면 다시 외로움의 무게를 견디지 못하고 허덕였다. 풀이 죽은 나에게 친구가 말했다.

"잘하고 있어. 옆에서 보면 너 되게 할 일을 알아서 착착, 평탄하게 아주 잘하고 있는 것 같아 보여. 누구보다 바쁘고 괜찮게 살고 있는 것 같아."

집에서 친구의 말을 떠올리며 '난 잘하고 있어' 하고 거울을 보앉다. 심호흡을 하고 고개를 들었는데 거울 속 내 모습이 아직 너무 어렸다. 뭐가 그리 서러운지 건드리면 울 것 같은 눈동자를 한 어린애가 있었다.

변하는 것 사라지는 것

끊임없이 실패의 위험을 감수하는 사람은

자유를 향해 달려갈 자격이 있어.

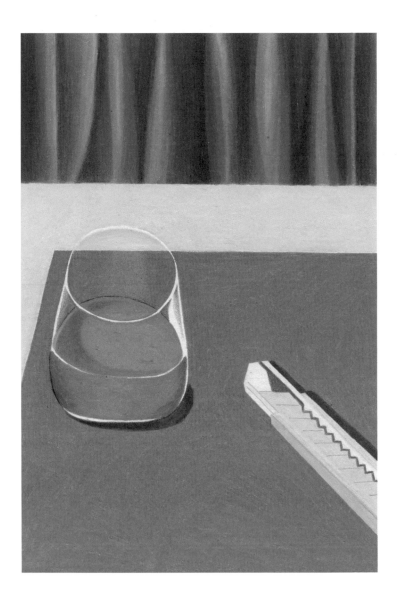

구멍

잃어버릴 조금의 자신감도 찾기 어려운 날엔 어쩔 수 없이 내 속만 들여다보길 반복했다. 할 수 있는 가장 만만한 행동이니까. 그러다가 못난 내가 미워 견딜 수 없을 때도 있다.

언제나 밝고 유치하고 쾌활하던 여자애는 사라졌다. 그 시절 나는 발아래 굴러다니던 보석 같은 돌멩이들이 다 내 것인 줄 알고 신나게 주워 담으며 좋아했다. 주머니 밑에 구멍이 뚫려 있는 줄은 몰랐지. 주머니에 난 구멍은 나도 모르는 사이 점점 커졌고 걷잡을 수 없이 늘어났다. 부랴부랴 기워 놓았는데 다시 틈이 벌어지더니 차곡차곡 담아놓았던 돌멩이들, 조그만 마음들까지 팍 흩어져버렸다.

내 것이 아니었다

여러 가지 일로 흔들리던 때 친구가 이런 말을 해주었다.

"남이 입혀주는 옷, 남이 씌워주는 타이틀, 남이 쥐어주
는 돈은 그들이 다시 가져가면 그만인 것들이야. 다른 사
람들이 입혔다 벗겼다 하는 것들에 휘둘리지 말고 너만
의 뿌리를, 기둥을 잘 다지는 데 집중해봐."

원래부터 내 것인 줄 알았는데 남의 것이었다.

알맹이를 위하여

나는 부유하는 얇은 휴지 조각이다. 그렇지만 곧 다시 짠, 아이디어가 떠오르고 그림 그리는 것이 재밌어질 걸 알기에 힘든 날을 꾹 참고 버틴다.

좀 더 반항적이 된 건지, 아니면 조울의 변덕에 무덤덤해진 건지 잘 모르겠다. 왔다 갔다 하는 감정선을 어느 장단에 맞춰야 할지 헷갈려 하는 주기의 반복이 이제는 일상적 패턴이 된 듯하다. 헤매는 시간을 즐길 만한 내공은 아직 없고 그 사실을 무시하기로 한 걸 보면 그리 긍정적인 대응 같지는 않다. 어쨌든 나는 더 이상 잘하려 애쓰지 않고 하고 싶은 대로 하려고 노력하는 중이다.

이것도 노력해야 하는 것이다. 주변 사람들의 인정, 더 많은 사람들의 사랑, 욕심, 경쟁심 같은 것들을 제쳐두고 알맹이에 충실하기 위한 노력. 그래서 길을 잃은 와중에도 노력하는 모습을 스스로에게 보여주어야 한다. 좋아한다는 사실에 의심할 여지가 없는 일을 하는데도 어느 순간 노력하지 않으면 안 되었다.

고래 등지느러미

반질반질한 등지느러미가 수면을 우아하게 가를 수 있도록 고래는 얼마나 긴긴 시간 몸을 바꾸어왔을까? 커다란 몸이 가라앉지 않게, 회전하다 다치지 않게.

다른 사람들도 제각기 물 밑에서는 쉬지도 못하고 발장구를 치면서, 물 위로는 작고 매끄럽게 빛나는 고래의 등지느러미 같은 부분만 살짝 드러내고 사는 걸까? 물 아래로 감춰둔 부분은 내 것처럼 쉬지 못해 고단하고 무거울까?

+1

나에게 서른한 살은 달라도 많이 다르다. 저마다 다른 나이의 덫
에 걸려 허덕인다고 들었는데 나에겐 그게 서른하나인 모양이다.
드디어 무언가 본격적으로 시작된 것 같다.

유학 준비를 한다고 평일엔 영어 공부, 주말엔 일만 했던 스물아
홉. 온전히 런던에서 자유롭고도 답답한 시간을 보낸 서른. 서울
생활에 다시금 적응할 틈도 없이 시곗바늘에 쫓기다 정신을 차
렸더니 어느새 해가 바뀌어 나는 +1이 되어 있었다. 원시 정글
같았던 런던에서 돌아오니 더욱 치열하고 설 곳 없는 세상이 기
다리고 있던 서른하나. 가차 없던 서울 생활의 +1은 숫자가 가
지는 1의 양을 넘어섰다.

일에 대한 욕심, 연애하는 방식, 늘어나는 동생들, 소비 패턴마

저 바뀌면서 +1의 효과는 갈수록 크게 느껴진다. 지금껏 해오던 것과는 어딘가 많이 다르다.

이제야 겨우 폭풍이 몰아치다 갑자기 화사해지는 변덕스러운 날씨를 빠져나온 것 같아 홀가분했는데, 그와 동시에 더 어둡고 출구를 찾기 힘든, 한 단계 더 깊어진 미로가 엉킨 채 기다리고 있다는 것을 몰랐다. 그저 이십 대의 연장선으로 삼십 대 역시 부드럽게 이어지리라 예상했는데 삼십춘기를 혹독하게 겪고 있다. 망설임이 열정을 앞지른 적도 있고 한 번도 의심한 적 없던 일에 대한 회의감도 느꼈다. 두 번의 이별을 겪었고 십 년 만에 처음으로 쓸쓸함에 나뒹구는 오롯한 싱글의 세계도 맛보았다. 얻은 것이 있다면 빨래를 하고 또 해도 입으면 다시 더러워지는 것처럼 완전히 깨끗해지는 인생의 고민은 없다는 사실이다.

엄마 목소리

엄마와 통화를 끝낼 때 엄마 목소리가 더 밝은 것이 내내 마음에 걸렸다. 편하게 짜증을 내고 무뚝뚝하게 끊어버리는 것으로 순간의 스트레스를 푸는 나보다 훨씬 고단했을지 모르는 엄마 목소리가 나 때문에 더 밝고 씩씩해야 하다니 죄송스럽다.

박탈감

내가 유일하게 할 수 있는 것, 하고 싶은 것, 해왔던 것이 바람처럼 사라져 오랜 친구가 떠난 듯 이틀을 누워 울었다.

처음에는 그냥 내가 좀 이상해진 줄 알았다. 한 번도 의심해본 적 없는, 진심으로 원해서 즐겁게 해온 일. 과연 내가 진짜로 원한 게 맞을까 하는 의구심이 꺼지지 않는다.

왜 이런 마음이 생긴 걸까. 의심은 어떤 방식으로 나타나든 괴로운 것이다. 오랫동안 사랑해온 것이 그림이 아니면 어쩌나, 괴로움이 증폭된다. 회의감에 짓눌릴수록 나는 납작해진다. 이 많은 잘나고 멋진 사람들 사이에 내 것을 들이밀어 뭐하나 생각하니 의미 있는 일이라곤 없다. 바라는 이상향은 저 멀리 있고 내가 자리 깔고 앉은 이곳은 한 평짜리 좌판이 빽빽하게 들어선 좁고 지저분한 골목길이다.

엊그제는 어떤 기업과 어떤 대단한 일을 하며 얼마를 받았는지 앞다투어 자랑해야만 위신이 서는 사람들을 만났다. 어제 만난 사람들에겐 돈을 벌기 위해 클라이언트의 요구에 맞춰 그린 그림들이 한없이 가볍고 초라해 그림을 선뜻 내놓지 못했다. 나는 전자에게 화려한 색감으로 도색된 포트폴리오를 보여주면서도 더 번쩍번쩍한 이력들을 찾아내려 머리를 굴렸다. 하지만 후자에게는 억지로 헤집어야 겨우 나올까 말까 한 나의 예술가적 혼을 매끈한 모니터 위 손톱만 한 이미지로는 보여주기 창피해 버벅거렸다.

여기도 저기도 못 끼는 어중간한 존재임을 실감했다. 연필을 놓아버린 지 두 달째. 다 내다버리고 아무것도 없는 채로 살면 어떨까. 얼마나 하기 싫은지, 이제는 하기 싫다는 사실이 슬프지도 않다.

좌절감과 절망감에 꼼짝달싹 못 하고 눈알만 굴리며 하루 종일 앉아 있는데 그럴수록 더 달라붙는 불편한 감정들. 낚시찌가 되어 얼굴도 모르는 낚시꾼이 휘젓는 손길에 이리저리 끌려 다니느라 혼미해진 정신, 혼탁해진 눈을 가졌으니 그 어떤 물고기도 나를 물지 않겠구나. 우울한 잡념 속으로 더욱 침잠해 들어갔다.

외면

나의 수많은 창피한 얼굴들을
이불 밑에다 구겨 넣는다.
그 모습도 보기 힘겨워 눈마저 감는다.

마주할수록 나란 인간은
연약하고 별것 아닌 게 분명하다.
아무래도 없다 셈 치는 편이
마지막 남은 자존심을 지키는 데
도움이 될 것 같다.

내 모자람을 깨닫게 하는 것은

모조리 외면하고 싶다.

외면은 더 무너지지 않기 위해
지금 내가 할 수 있는 첫 번째 노력이자
최선의 장치다.

대세는 거스르고 유행엔 눈을 감고 싶다.

내가 소화하지도 못할

세상의 속도나 색깔 같은 건

차라리 안 보는 게 나을 것 같다.

도망치고 싶은 날

현실을 잊고 싶을 때가 있다. 나도 모르는 사이 노출되는 경기장의 말들, 아니 넘볼 수 없는 실력자들, 어중이떠중이 같았는데 어느새 성장한 사람들, 지금 어떤 일이 벌어지건 간에 제 갈 길 가는 사람들, 사실 나와는 아무 상관없는 사람들.

SNS를 5초 이상 보기 힘들다. 모두가 천재 같다. 나만 빼고.

이럴땐 핸드폰을 무음으로 바꾸거나 컴퓨터를 꺼버린다. 단체 채팅방 대화는 읽지 않고 모임에도 나가지 않는다.

잠깐 도피에 성공하긴 하나 며칠 지나면 다시 궁금해진다. 내가 보지 않고 지나쳐버린 것 중에 만약 봤다면, 들었다면 좋은 자극이나 영향을 받았을 무언가가 있었으면 어쩌나. 이러다 트렌드에 뒤처지는 사람이 되지 않을까.

달고도 시큼한 알맹이는 쏙 빼고 껍질 중에서도 제일 선명한 부분만 보여주는 SNS 때문에 갈등의 폭이 커진다. 그냥 눈 감고 SNS 따위와는 벽을 두고 살고 싶은 맘이 굴뚝같다. 냄새도 없고 손에 잡히지도 않고 오로지 나의 일부를 단순히 기록해놓은 공간에서 유추되는 내 생활은 다른 사람들의 말을 빌리자면 항상 바쁘고 즐겁고 에너지가 넘친단다. 그런 껍질뿐인 모습으로부터 도망치고 싶은 사람도 분명 있겠지.

괜히 트렌드와 직업을 탓하며 아침에 밀어두었던 핸드폰을 늦은 오후 슬그머니 끌어당겨 본다. 아예 지워버리지 못하는 건 내가 SNS에 가입되어 있다는 사실만으로도 세상과 연결되어 있다는 안도감이 들기 때문일 것이다. SNS를 외면하는 건 나만의 진짜 세상을 사는 것일까? 아니면 내 세상에 갇히는 것일까?

소속감

나는 우리 집, 가장 작은 방, 가장 작은 구석에 몸을 기대어 앉아 있었다. 낮에도 모든 방의 불을 켜두었다.

일주일에 두세 번, 사람들을 무더기로 만난다. 매주 그들을 관찰하고 그들은 내 말 한 마디 한 마디에 귀를 기울인다. 스무 개의 눈이 한꺼번에 내 입과 손을 본다. 나의 임무는 사람들이 꽃을, 눈앞의 사물을, 자동차를, 산을, 다른 나라의 거리를 그리는 것이 좀 더 수월하도록 계속 보아주는 것이다.

나머지 시간, 일주일에 네다섯 번은 나의 집, 가장 작은 방, 가장 작은 구석에서 가장 작은 상상을 하고, 가장 작은 한숨을 내뱉고,

가장 작은 푸념을 하고, 가장 작은 할 일을 떠올리는 데 쓴다.
생각해낸 할 일이란 너무 작아서 후 불면 파르르 날아가고 다시
모으지 않아도 이 세상에서야 큰일 날 일 없는 것들이지만 내 세
상에선 아무도 대신해줄 이가 없어 명령이 떨어지기만을 기다리
는 자율성 없는 것들이다. 내 세상에선 모든 행위가 내 몫이다.
아무리 작아도.

오늘도 해야 할 작은 일들을 하나 둘 세어보는데 마음속 가장 작
은 목소리가 말했다.

  '아이가 되고 싶어. 포근하고 거대한 자연 같은 품속에서
  티도 나지 않는 가장 작은 아이가 되고 싶어.'

달라진 이야기

런던에 있을 때 만났던 친구 C가 있다. 한국에서 일하며 살고 싶
다던 그 아이의 눈빛이 포부와 열정으로 이글거렸던 기억이 생
생하다. 우리는 만난 지 일 년 만에 서울에서 다시 만났다. 런던
에서는 템즈강이 보이는 작은 동네의 오래된 펍에서 만났는데,
서울에서는 번화가 한가운데 그나마 조용한 곳에 자리 잡은 어
둡고 넓은 카페에서 그 친구를 보았다.

"잘 지냈어?"
"요즘 어때?"
"일은 하고 있어?"
"어떤 일 하는데?"

"그래서 할 만해?"

첫 질문은 생존을 위해 뭘 하며 사는지에 관한 것들이었다. 들어 보니 C는 문화 콘텐츠를 기획하고 만드는 회사를 운영하면서 웹 드라마 제작도 하고 패션 브랜딩도 하면서 바쁘게 살고 있었다. 내용만 들으면 일 년 전에 계획했던 것을 하나씩 잘 해내고 있는 것 같았다. 달라진 것이 있다면 이곳저곳에서 일로 만난 사람들에게 시달리며 얻은 만사 귀찮은 표정이었다.

한국에서 만나니 그나 나나 어떻게든 자기 위치를 지키려 살기 바쁜 일개미다. 일개미가 되는 목적은 단지 돈일까? 돈을 제외하고도 살아남으려는 계산, 치열하게 움직이는 욕심, 더 잘살고 싶은 발버둥과 인간관계에 대한 고민, 아날로그에 대한 동경 같은 것들이 늘 머릿속에서 부딪치는 일개미다.

내가 먼저 물었다.

"영국은 언제 또 가?"

"12월."

"얼마나?"

"짧게. 가서 안 오고 싶어. 하하하."

분명 런던에서는 서울에 정착해 일을 시작하고 싶다고 설렘과
기대에 차서 말했었는데.

"일은 어때?"

"재밌어, 하는 일은. 근데 사람들이 뭐랄까… 좀 갑갑하
다고 해야 하나. 도시가 그런 건가…. 아, 풍경도 그렇
고….""

"뭔가 여러 가지로 런던이랑 다르긴 하지?"

"응, 서울은 창문을 열면 나무는 없고 건물 벽이나 사람
들만 보이잖아. 런던처럼 가만히 자연을 느끼면서 뭔가
생각할 시간을 별로 안 주는 것 같아. 여기서는 글도 잘
안 써져."

"아아, 나도 그런 것 같아. 런던은 저녁에 카페 문도 다
닫고 거리도 어두컴컴하잖아. 난 저녁이 되면 감성이 살
아나는 사람이라 그런지, 깜깜한 가게 쇼윈도만 하염없
이 들여다보면서 우중충한 거리를 혼자 돌아다니고 그랬
어. 하고 싶다고 해서 당장 할 수 있는 게 거의 없고 좋아
하던 것들을 때마다 가질 수도 없던 시기여서 다 별로였
어. 그런데 창문 밖으로 흔들리는 커다란 나무 한 그루만
우두커니 보면서 앉아 있는데도 날씨에 대한 묘사로만

글이 한 바닥이나 써지더라."

C를 처음 만났을 때를 기억한다. 날씨나 장소 같은 사소한 것들을. 밖은 회색이었고 C가 와인을 두 잔 사줬다. 내가 제일 좋아하는 장소에서 커피 말고 와인을 마신 건 처음이어서 특별한 기억으로 남아 있다. 그날 C는 나가서 담배를 피다 강가에 주차된 보트를 하루 빌려 노는 데 얼마가 드는지 그런 것에 대해 보트 주인이랑 얘기하다가 들어와서 나한테 알려줬다. 그 밖에 대화 주제는 글, 책, 첫사랑, 가장 좋아하는 선물, 좋아하는 풍경 같은 것이었다.

이제 보니 런던에 머문 짧은 시간 동안 나는 순수했던 것 같다. 서울에서 쌓아온 커리어를 그대로 살릴 수 없고 낯선 곳에서 언어부터 시작해 다시 무언가 배우는 아이 같아서 그랬을까. 그때 우리가 나누었던 대화도 아이 같고 순수했다.

아이러니

스튜디오를 운영하는 건 둘째치고 내 마음대로 어딘가를 한번 꾸며보고 싶었던 걸까. 으레 많은 사람들이 꿈꾸듯 나만의 공간에 가구도 넣고 커튼도 달고 하면서 소꿉장난 하는 걸 바라왔던 걸까.

여리여리한 살구색 벽, 조갯살 모양의 펜던트 조명, 말린 꽃과 양초들, 유리 촛대, 빈티지한 도면함 같은 것들을 사 날랐다. 그렇게 취향대로 풍성하게 장식해놓고 누군가 오면 차를 쟁반에 받쳐 대접하는 살롱 주인 역할이 하고 싶었던 걸지도.

아이러니하다. 갖고 싶어 안달한 끝에 겨우 하나 얻어 사소한 소품까지 직접 고르고 정성스레 단장해놓았는데 그러는 도중에 힘이 다 빠져버렸다. 예뻐진 작업실은 눈에 보이지 않고 그 속에서 힘들어하는 나만 보인다.

한 발짝 물러나 정신을 가다듬고 바라보면 작업실은 정말 멋지고 대견하다. 그러나 일상으로 돌아와 매일 같은 공기를 소비하며 마주하다 보면 작업실과 잘 지내보길 바라는 미래가 희망이 아니라 의심으로 다가왔다.

'이곳을 잘 꾸려나갈 수 있을까?'

바라는 건 상상으로만 가져야 행복한 걸까.

'상상을 하면 언제고 현실이 된다'는 문장을 좋아해서 철석 같이 믿으며 전파하고 다니던 게 불과 1,2년 전인데 현실이 된 상상의 후폭풍을 감당하면서 그런 소리가 쏙 들어갔다. 작업실을 마련하며 이중적인 마음을 한번 겪고 나니 사람에게도 마음을 여는 속도가 더뎌지고 빈도도 줄었다. 누군가에게 호감이 생기다가도 '사실 그냥 상상만 했을 때 좋은 거지, 상상을 넘어 관계가 실현되면 복잡한 현실의 굴레에 아마 지쳐버릴 거야'라는 생각이 들어 마음이 다시 원점이 된다.

비단 사람뿐만이 아니다. 유학처럼 뒷일 생각하지 않고 덤벼대던 많은 것들을 시도하기도 전에 자꾸 의심하는 통에 파이팅 넘치는 도전의 아이콘 같았던 지난 모습은 사라졌다. 이 또한 잠시

라고 믿고 싶다. (역시 잠시였다.)

　'다 잘될 거야.'

너무 쏟아내기만 하느라 비워진 속을 채울 시간이 부족해서 이런 고난을 겪는 것일 거야. 그래, 아마 내가 너무 쪼아댄 탓에 힘에 부쳐 그러는 거야.

　'다 잘될 거야.'

주문을 외우듯 중얼거리다 보면 그 말마저 나를 괴롭힌다.

　'다 잘될까? 과연 그럴까?'

뭘 하고 싶은 걸까

헷갈릴 때가 있다.
돈이 벌고 싶은 건지,
일을 많이 하고 싶은 건지,
내 작업을 기깔나게 하고 싶은 건지,
단지 재밌는 걸 하고 싶은 건지.

비가 그치기를

애초에 슬픔이나 기쁨은 다른 이들의 것과 비교할 수 없는 것이다. 남의 슬픔을 보면 내 슬픔은 아무것도 아닌 것 같다가도 '왜 하필 지금 나에게 이런 일이. 그것도 한꺼번에'라고 생각하면 끝없이 나락으로 떨어진다. 만사가 교차하는 어지러운 세상을 살아가려니 평범한 인간은 자질구레한 병을 차례로 얻었다. 의욕 없어 하는 나에게 친구가 이렇게 말해주었다.

"비가 마구 올 때는 비가 온다고 한탄하지만 비가 그치는 순간은 사람들이 잘 모른대. 너도 지금 맨몸으로 세찬 비를 혼자 맞는 기분이 들겠지만 어느 순간 그쳐 있을 거야."

비가 언제 그칠지도 모른 채 시간이 가기를 하염없이 기다리고 있어야 하다니. 그것 역시 너무 힘들겠지. 비는 언젠가는 그치고 언젠가는 또 내리는 것. 나도 사는 동안 다른 사람들처럼 내 힘으로 어찌할 수 없는, 비 내리는 순간들을 번갈아가며 겪겠지만 어쨌든 결국은 뭐, 그칠 테니까.

성격 급한 고등어

실력이 오르는 속도가 내 기대에 못 미치니 그 시간을 못 견뎌 너무 빨리 손을 들어버리는 건가 싶다. 한계가 빤히 보이는 상상력, 진부함만 스쳐가는 머리, 다르게 보지 못하는 눈을 가졌다고 절망하면서 말이다.

성격 급한 고등어는 물 위로 올라오자마자 숨이 차고 비늘이 마르고 눈알이 빠질 것 같음을 느끼고 그 고통이 영영 끝날 것 같지 않으니 더 힘든 꼴 보기 전에 냉큼 죽어야지, 하며 그 어느 생선보다 빨리 죽어버린다고 한다. 차분하지 못한 고등어 같으니.

스트레스가 많은 개복치는 틈만 나면 생기는 어이없이 사소한 상황에도 지레 스트레스를 받고는 잘 죽는단다. 가여운 개복치.

시도 때도 없이 찾아오는 것이 무기력함 아니면 자신감 하락 아니겠니. 그때마다 극복하는 과정을 못 참아 스스로를 죽이는 고등어나 개복치는 되지 말아야지.

초심

어떤 마음으로 그림을 대해야 할지 혼란스러운 중에 먼 곳만 바라보며 허공의 먼지 수를 세고 있을 때, 나를 구한 친구의 말.

"우리 10년 전 배낭여행할 때 넌 매일 드로잉북에 그림을
그리더라. 빨래 널린 거 하며. 우리는 사진 찍는데 넌 손
으로 그리더라고. 그때는 SNS도 없고 누구 보여줄 것도
아니면서 매일 그렇게 신나게 그렸는데, 생각나?"

친구들을 통해 과거와 현재의 나를 돌아보게 된다. 욕심 없이 그리는 행위 자체에 그렇게 즐거워했었나. 평생 하겠다고, 천천히 하고 싶다고 해놓고 그걸 일로만 생각한 건 아닌지. 모순적이구나.

'똑똑한 기분'은 늘 제멋대로여서 이제 제법 조절이 된다 싶어 방심하면 다른 식으로 약을 올린다. 그렇다면 남 말은 좀 잘 들으려나 싶어서 내게 좋은 말을 해줄 사람들을 찾아다녔다.

비단 좋은 말뿐 아니라 그냥 내 처지를 이해해주는 친구여도 괜찮고 슬럼프를 이미 겪어본 선배여도 괜찮았다. 시키는 대로 안 했다가 어려운 일을 당하고 나면 '거봐, 내가 뭐랬니? 새벽에 일어나랬지?' 하고 핀잔줄 것만 같은 자기계발서를 읽는 것보다 주변 사람들에게 이야기를 듣는 편이 좋았다.

자기만의 세계를 아주 잘 유지하고 있는 사람들은 늘 대단해 보인다. 남 보기엔 나도 그렇다고 친구들이 입을 모아 얘기하지만 갸우뚱했다. 난 그네 끝에 엉덩이만 겨우 걸친 채 팔랑거리고 있는 걸. 그래서 찾아나섰다. 내가 예전부터 존경해 마지않았던 예술가, 이 사람만큼은 너무나도 자기 세계를 잘 다져놓았기에 슬럼프 따위는 겪을 시간도 없을 만큼 바빠 보이는 선배, 꽤나 많이 흔들렸을 것 같은데 엉금엉금 가던 길을 묵묵히 가는 주변 사람들. 나와 비슷하게 또는 다르게 현실을 바라보고 하루하루 살아가는 인물들은 답을 내려주지는 않았지만 풍부한 이야기를 들려주었다.

나 넌 굵직굵직한 일들을 많이 하고 있잖아. 일하면서 해나가기 힘들 때 있어?
친구1 작업이 늘 있는 게 아니니까 돈 떨어지면 힘들지. 돈이 없어서 힘들 땐 다른 일을 이것저것 하면서 새로운 경험을 한다고 생각해. 그러다가 거기서 아이디어를 얻기도 하고. 아니면 몇 달 여행을 하거나.

나 벌써 15년째 같은 일을 하고 있는데 그만두고 사라지고 싶을 때 없어요?
친구2 그럴 때 많지. 그치만 고양이 때문에 사는 거지. 얘네 밥 주려면 내가 있어야 하니까. 너도 많이 먹어. 앞으로 실패를 더 많이 해야 할 거 아니야.

나 지난 5년간 프로젝트를 300개나 했다고요? 요즘도
큰 회사들이랑 일 되게 많이 하는 것 같던데, 어때요?
친구3 올해 딱 2개월 일하고 나머지 9개월을 놀았어. 작
업물을 SNS에 계속 올리니까 겉으로는 안 쉬고 일하는
것 같은데 실은 아니야. 나도 이런 적이 처음이라 엄청
당황스럽더라고. 이제 난 한물갔나 하는 좌절감도 들고.
그러다 요즘에는 안정을 좀 찾고 개인 작업에 몰두하고
있어. 시간 있을 때 개인 작업을 해서 질적인 발전을 해
야지. 스스로 만족할 수 있는 작업 없이 돈 버는 일에만
매달리면 밑천이 금방 드러날 것 같아.

친구들의 놀랍도록 불안하고, 놀랍도록 아무렇지 않은 일상을
통해 나의 개인적 고통을 치유하고, 아무도 모르게 위안받고, 어
두운 구석을 합리화하는 시간을 가졌다. 그러다 보니 내게서 위
로와 공감을 받으려는 친구도 있었다.

친구4 어느새 일만 하고 있더라고. 조급한 마음으로 일
을 쳐내기 바쁜 지금이 과연 괜찮은 건지 주변 사람들에

게 물어보면 배부른 소리한다며 물 들어올 때 노 저으라는 말만 해. 하지만 계속 이런 식으로 일을 하면 앞으로도 쭉 이렇게 재미없는 일만 하게 될 것 같아 불안해. 재밌는 작업은 보수도 적고 서로에게 폐를 끼칠 수도 있지만 그런 걸 안 한 지 좀 돼서, 이러다가 일만 냅다 하는 작가가 되어버리면 어쩌나 하는 마음도 생기고. 나만 그런가?

<u>나</u> 바다 한가운데 있는 마음일 것 같아. 여기저기서 불어오는 바람 탓에 계속 노를 저어야만 하니까 젓긴 하겠지만 계속 그렇게만 살면 앞으로 나아가는 것 같지 않아 걱정이고 그런 거 아닐까? 물 들어올 때 노를 저으라는 말이 맞을지도 모르겠어. 풍파가 잦아드는 때도 분명 올 테니까. 그때 재밌는 일을 하면 될 거야.

변하더라도, 사라지더라도

시간이 흐를수록 자꾸만 좋았던 시절이, 웃고 떠들며 즐거웠던 저녁이, 그 기억이 담겨 있는 곳들이, 즐거움을 함께했던 사람들이 사라진다. 헤어질 줄 알면서도 웃고 싶어 시작했던 것들이 오래오래 머무는 경우가 요즘 세상에는 많지 않아 정이 깃든 것들이 더욱 소중하다.

서울, 집 근처에 자주 가던 술집이 있었다. 테이블이 네 개 있는 구멍가게 같은 술집. 사장님 요리 솜씨가 뛰어난데 성격은 부처님같이 관대해 음식 양도 많고 가격까지 쌌다. 틈만 나면 들러 오다가다 만나는 사람들과 이야기하며 술을 마셨다. 젊고 친구가 많아도 술 사 먹을 돈은 많지 않으니, 동네방네 소문내 다른 사람들이 거기서 돈을 쓰도록 유도하는 게 사장님에 대한 의리를 지키고 감사를 표하는 방법이었다. 친구들을 줄줄이 끌고 가면 사장님은 서비스를 많이 주셨고 그때마다 나는 양쪽으로 뿌듯하여 어깨가 천장에 닿을 듯했다.

런던에 가기 전, 자전거를 타고 동네의 단골 가게들을 돌면서 작별 인사를 했다. 그 술집 사장님을 비롯해, 어떤 애매한 주문을 해도 다 자기 스타일로 완성해버려 짜증을 한 바가지 내면 허허 웃고 말았던 미용실 원장님, 앉았다 하면 영어 공부만 두세 시간씩 해서 내가 학생인 줄 알고 갈 때마다 디저트를 챙겨주던 카페 사장님, 매일 바나나만 먹고 사냐고 했던 마트 아주머니.

런던에서 언제나처럼 자연광을 조명 삼아 그림을 그리는데 나의 사계절을 책임졌던 그 작은 곳들이 그리워졌다. 얼른 돌아가 알탕에 소주 한잔 하고 싶은 생각이 간절해 구멍가게 술집의 사장님에게 문자를 했는데 글쎄, 가게가 없어졌단다. 몇 년간 드나들던 다른 술집과 카페가 없어졌을 때도 맘이 아팠는데 결국 그곳까지 없어지다니. 동네 술집이 뭐라고 허망해 눈물이 났다. 그리 붐비지는 않아도 소소한 카페와 가게들이 줄지어 있는 멋진 동네에 사는 죄로 정든 곳을 떠나보내야 하는 이별을 틈틈이 겪어야 했다.

운다고 없어진 가게가 다시 생기나. 운다고 함께 술 마셨던 사람들과 그날의 발랄함이 다시 찾아지나. 나도 변하는데 주변의 것이 변치 않길 바라는 건 욕심일까. 내가 즐겨 찾던 곳들이 없어졌단 소식에 서운해하다 문득 누군가에겐 나도 그런 존재였을지 모른다는 생각이 드니 더욱 서운해졌다.

쓸쓸한 마음을 달래려 좋아하는 밴드의 기타리스트 친구에게 문자를 보냈다. 일 년 만인가. 간단한 안부 몇 마디 후 다음 음악을 기대한다는 메시지를 보냈다. 비슷한 답장을 받았다.

아방, 네 그림 언제나 좋아하고 응원해.

으레 주고받는 응원 메시지이지만 모든 말이 진심인 줄 알기에 안도감이 들었다. 진짜 좋아하는 건 어떻게 변하든, 어디로 가버리든 응원할 것이다. 나를 좋아하는 이들도 그러겠다고 했다.

안 바쁨

#1

-요즘 바쁘지?

-아니.

-바빠 보이는데?

-…왜?

-글쎄, 그냥 보이는 게…. 요즘 잘나가던데?

-아닌데.

-인터뷰도 하고 그러던데?

-그건 인터뷰일 뿐이고 일을 해야 돈을 벌고 잘나가는
  거지. 일은 5개월째 없고 페이 없는 인터뷰만 하는데
  뭐가 잘나가.

#2

−한번 보자. 그런데 네가 바쁘니까.

−나 안 바빠.

−바쁜 줄 알았는데?

−왜?

−그냥…. 사진이 매일 올라오니까 이것저것 하는 것 같
고….

−얼굴 사진을 매일 올리지. 그거 알아? 셀카는 심심할
때 찍는 거야. 바쁘면 그거 찍어 올릴 시간 없어.

점점 사건이 줄어드니까,

흥미로운 감정이 줄어드니까,

한 해를 돌아보면

한 달이 지난 것처럼

짤막하게 정리되고

단조로운 색으로 압축된다.

점점 더 짧아지고

색이 줄어들어

깔끔한 모양이

되겠지.

피라미를 위하여

영하 30도가량의 차가운 공기가 흐르는 바다 한복판, 두 발 겨우
디딘 빙하 위에 간신히 중심을 잡고 서서 서른 시간 동안 낚시를
했다. 해가 한 바퀴 돌아 바닷물이 다시 밝아올 때쯤 아주 작은,
작아도 너무 작아 생선이 맞나 싶은 피라미 하나를 낚았다.

피라미가 팔짝 튀어 오르는데 햇빛을 등에 업어 그런지 순간 반
짝이는 빛에 눈이 찔렸다. 아찔하고 감격스러운 순간. 내가 이놈
을 잡으려고 발가락이 댕강 떨어져나갈 것 같은 차갑고 삭막한
시간을 견뎠나 보다.

스트레스와 수영장

가끔, 특히 스트레스를 많이 받은 날엔 메시지가 뚜렷한 꿈을 꾼다. 남들에 비하면 자주인 것 같다.

수영장이 나오는 꿈은 대여섯 달에 한 번씩, 십 년째 꾸는 듯하다. 고등학교 수영 수업에 수영복을 챙겨가지 않는 꿈이다. 눈을 질끈 감고 수영복을 챙기러 집으로 뛰어가는 발걸음은 다급한 마음과 달리 축축 처지고 영 속도가 나지 않는다.

그렇게 매번 수업을 놓치고 힘겹게 뛰기만 하다 잠에서 깬다. 수영장 꿈을 꾼 날 언저리는 어김없이 초조함과 압박감에 깊게 짓눌려 있을 때다.

얼마 전에 또 그 꿈을 꾸었다. 수영복은 역시 챙겨 오지 않았다.

'또…!' 하며 땅이 꺼져라 한숨을 쉬는 내 뒷모습이 보였다. 그런데 어쩐 일인지 뛰어 나가지 않고 파란 수영장물을 가만히 바라보고 있었다. 꽤 오랫동안 물 앞에 서 있는 꿈속의 나를 바라보며 꿈을 꾸는 나도 기다렸다. 그렇게 오랫동안 수영장 물을 보고 있었던 적은 없는데….

첨벙!

옷을 입은 채 꿈속의 내가 수영장으로 뛰어들었다. 지켜보던 나는 많이 놀랐다. 옷이 다 젖었지만 왠지 모르게 마음이 가뿐하고 속이 후련했다.

곧바로 잠에서 깼는데 기분은 꿈속 그대로였다. 뱃속에서 뭐가 빠져나간 것처럼, 진짜 물세례를 맞은 것처럼 짜릿했다. 그 후로 2년 동안 수영장 꿈을 꾼 적이 없다.

몰입을 멈추면

무엇 하나에 너무 깊이 빠져 있었던 걸까? 이 지겨운 패턴을 바꿀 변변한 통로를 찾지 못했고 어찌 보면 찾을 생각조차 못 했던 건지도 모른다. 몰입을 잠깐 멈추고 떠나 있으면 깊은 굴에도 공기가 들어오고, 공기가 비집고 들어온 틈에 나도 변화할 계기가 살짝 생기는 것 같다.

힘에 부쳤던 지난 2년은 무언가 바뀌기 전 몰입한 시간이었는지도 모른다. 오롯이 내게 집중해 고민에 고민을 거듭한 결과, 다시 모조리 비워내고 새로운 공기로 채울 공간을 마련했다. 몰입의 끝자락에서 휘몰아치는 생각의 변화도 받아들일 준비를 마쳤다.

좋은 계절은 언제나 고양이처럼

사랑이 유치하다면 난 끝끝내
유치함을 벗어날 수 없을 것이다.

시작은 항상 혼란스러워

시작은 끝만큼이나 힘겹고 종잡을 수 없다. 무엇 하나 자리 잡지 못한 연애의 시작은, 잘 아물었을 거라 다독이며 애써 덮어두었던 지난 연애를 한없이 애틋한 상태로 끄집어냈다. 그가 떠나기 전 물들여놓은 색깔들이, 지워지면 큰일 나는 줄 알았던 우리 색깔들이 아직 남아 있어 한편으론 안도했다. 사실 그래서 어찌할 바를 모르겠다. 엉거주춤 스며들기를 기다리는 너를 보기가 민망해 더욱 헷갈린다.

다시 시작하지 않으려고 마음을 꼭꼭 잡아맸다. 그래본들 이런 혼란이 얼마 가지 못하리라는 것도 안다. 심장이 뛰는 건 아무리 잡아맨다고 될 일이 아니니까. 마음은 말로 내뱉는 것처럼 얌전하고 고상하고 우아한 두 음절로 딱 자를 수 없는 것이었다.

"혼란스러워."

"괜찮아, 시작은 항상 혼란스럽잖아."

"마음이 생각대로 조절되지 않아."

"그래서 '마음 따위'라고 말하는 거야."

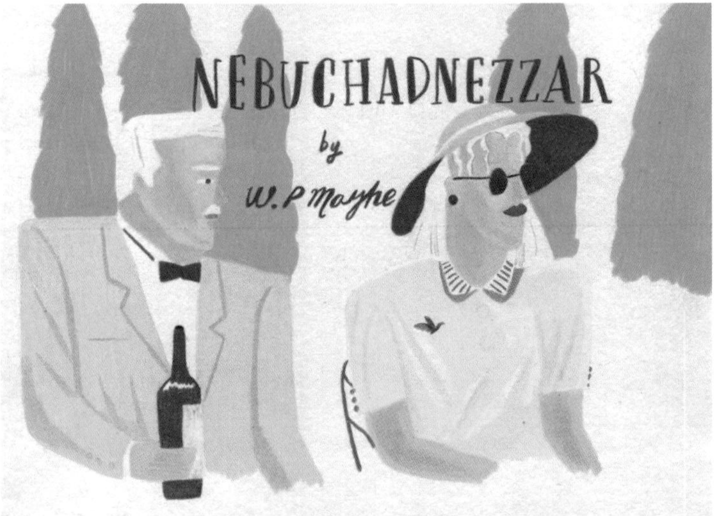
NEBUCHADNEZZAR
by
W. P Mayhe

기름종이

사랑에 빠질 때마다 자꾸 나를 지워버린다. 있는 대로 얇고 투명
해지면 그가 나에게 더 빨리 스며들 것이라 기대해서 그러는 줄
알았는데 사실은, 내가 그에게 더 잘 적셔지려고 얇고 투명해지
는 것이다.

사랑에 빠지면 밥을 먹는 것도, 옷을 입는 것도, 잠을 자는 것도
내가 아닌 것 같다. 결국 유리창처럼 투명하게 된 나는 그의 모
습만 반사하고 있다.

맛 이론

"단걸 먹으면 매운 게 당기고 매운 걸 먹으면 단게 당겨.
평생 먹고 싶은 건 딱 하나, 네가 정해야 돼. 처음부터 입
에 맞는 사람은 없을걸. 날 봐. 맞춰가야 해."

그가 아닌 누구를 만나더라도 서로 다른 점, 그래서 낯선 것들
때문에 달면 매운 걸 찾고 매우면 단걸 찾는 일을 반복할 게 뻔
하다. 친구는 눈앞에 뚜렷이 보이는 성향 차이와 불화의 씨앗을
그냥 누구에겐 단맛일 수도, 누구에겐 짠맛일 수도 있는 단순한
감각에 빗대었다.

사탕을 먹기로 했으면 사탕 맛에만 만족해야 하나? 그렇다고 사

탕이랑 매운 라면을 한 번에 입에 넣고 싶진 않겠지. 사탕을 입 안에서 오래도록 굴리다 보면 한 가지 맛만 있는 것도 아닐 거야. 내가 애초에 호감을 가졌던, 다른 사람들에게 없지만 그 사람에게는 있는 멋지고 새콤한 맛을 먼저 떠올려보자. 상상하니 달콤하고 행복하다. 왠지 억울하던 기분이 사라졌다. 갈팡질팡하던 마음도 잠잠해졌다.

정 이론

걸음걸이, 식사할 때의 습관, 말투 등 다 거슬린다. 좋아하면 무심코 넘어갈 수 있는 것들인데 나는 그를 좋아하지 않나 보다. 나와 다른 사람이니까 '맛 이론'에 입각해 조금 더 성숙한 자세로 상대를 받아들이려 애를 써보자. 그래도 좋은 점이 참 많아서 남자친구 삼기에는 손색없으니 나만 생각을 바꾸면 될 거야.

소개팅으로 만났기 때문일까. 인연이 되려면 차근차근 알아갈 시간이 필요한데 정情이 하나도 들지 않은 상태에서 평소 싫어하던 모습을 그 사람에게서 발견하니까 다른 좋은 것들은 다 제쳐 두고 그것만 자꾸 눈에 들어온다.

정이 들면 아마 그 사람을 이해하게 될 거고 그러면 그런 작은

습관들은 그리 크게 거슬리지 않을 것이다. 그래, 시간이 좀 지나면 다 귀여워 보이고 웃으며 넘길 수도 있다.

이렇게 주문을 외우면서 몇 개월간 갖은 노력을 다했지만 그는 귀여워지지 않았다. 좋아하고 안 좋아하고는 노력한다고 되는 게 아니었다.

권태

네가 곁에 있을 때는 너를 보지 못했는데 네가 떠나고 나니 사방에서 너만 보여.

영화 〈루비 스팍스〉Ruby Sparks 의 대사가 떠올랐다.

권태를 이기지 못하고 떠나면 주변은 온통 재미있고 아슬아슬해지지만 결국 떠난 너만 보일까? 자극은 잠시 잠깐 다른 곳에서 받으면 되니까 이렇게 편안한 사람이 나에겐 더 필요한 걸까? 편안해서 좋은데 이대로 쭉 재미가 없으면 살맛이 날까? 사는 데 다들 재미를 찾을까? 그러면 하루가 멀다 하고 음악을 나눠 들으며 즐거웠던 우리는 어쩌다 헤어졌을까? 다른 건 몰라도 편하니까 그걸로 된 걸까? 지금 너와는 뭘 해도 좋은데 왜 갑자기

음악을 같이 들어줄 수 있는 남자가 내 옆에 있길 원하는 걸까? 실은 그간 잊었던 걸까? 이전에 누렸던 다이나믹한 연애의 기쁨을. 음악을 같이 듣자고 할까? 내가 원하는 걸 요구하면 나아질까? 그렇게라도 해서 그가 요구를 들어주길 바라야 할까? 아니면 다른 사람을 찾아 떠나야 할까?

건방진 일기

'연애는 내 삶의 모든 이유를 아우르는 가장 완벽한 이유다. 너를 통해 나를 정립하고 나를 통해 너를 판단한다. 내가 가장 열렬히 쏟아부을 수 있는 에너지는 사랑이며 이후에 찾아오는 상실 따위는 걸림돌이 되지 않는다.'

오래전 적어둔 건방진 일기.

날짜를 보니 연애를 막 시작했을 때구나.

나쁜 꿈

악몽을 꾸고 새벽 세 시에 깼다.

꿈속 장면이 옅어지질 않는 데다

벌렁거리는 심장 때문에 다시 잠들기 어려웠다.

이 시간에 어디 전화하기도 그래서

무서움을 홀로 삼켜보지만 잘 안 된다.

꿈도 함부로 꿀 수 없겠구나.

누군가와 아무나

집은 항상 적막하다. '누군가'와 이야기를 나누고 싶다. 연락처를 뒤진다. 근황을 아무렇지 않게 말하면 내 이야기에 과장된 호응 없이 그냥 듣고만 있어줄 마땅한 사람이 있을 줄 알고. 찾지 못했다. 이야기 나누고 싶은 대상이 '누군가'가 아니고 '아무나' 인가 싶어 다시 연락처를 뒤진다.

목록이 끝나가는데 없을 것 같다. 목록이 끝나기 전에 멈췄다. '아무나'에게 이야기하는 데 쏟을 만큼 내 시간이 남아도는 건 아니니까. 아무래도 그냥 혼자 있는 게 낫겠어, 혼잣말을 하다가 살짝 쓸쓸해졌다. 그래도 '누군가'든 '아무나'든 필요한 건가 싶어 연락처를 다시 훑는다.

함께 있어도 혼자 있는 것 같은 기분이 들게 해주는 사람은 너무 멀리 살아 부를 수 없고, 가까이 있는 사람은 바쁠 것 같고, 가까이 살지만 바쁘지 않을 것 같은 사람은 오랜만에 만나는 거니까 내 이야기를 어디서부터 해야 할지 벌써부터 피곤하다. 역시 혼자 있는 게 낫다고 생각한다.

우리 집이 집이 아닌 것 같다. 모서리에서 나뒹구는 영혼, 머릿속이 외로움으로 가득 찼다. 맛있는 거나 먹을까, 어디 예쁜 곳엘 가볼까 생각해도 같이 즐길 이가 없으니 모든 게 왠지 사치인 것 같아 다시 핸드폰만 본다.

라면을 먹으며 울었다. 사실 라면을 별로 좋아하지 않는다. 배는 고프니 뭐라도 먹어야겠고 그래서 라면을 끓였지만 먹기 싫었다. 내 마음 하나 챙기기 힘들어 결국 라면을 먹고 있으니 슬프다. '누군가'와 '아무나'가 없어서 슬프다. 아마 '누군가'와 '아무나'를 만났어도 기분이 그대로였을 거다. 뭘 해도 외롭고 뭘 해도 혼자 있고 싶었기에 결국 '아무도' 못 찾은 것 같다.

지나간 일

"그땐 그랬어. 지금 와서 생각하면 아무것도 아니었는데."

지나고 보면 아무것도 아니었다고 말하곤 한다. 지나왔으니까. 그렇지만 절대 아무것도 아닌 게 아니었거든. 기억이 무뎌지면 입은 자유를 얻고 머리는 망각을 얻어. 과거 날카롭게 찢어대던 것들이 두루뭉술해지니까 비로소 말할 기운이 나는 거면서. 말도 못 할 때는 나만 빼고 다 아무것이라 생각했으면서.

JEAN PONS

SO IT IS
NO LOVE
NO GLORY

영혼을 간직하는 의자

'영혼을 간직하는 의자' 프로젝트가 있었다. 사람들이 의자에 앉았을 때 등받이에 몸이 닿는 부분을 캡처한 뒤, 의자 등받이 바깥쪽 스크린에 보이게 하는 것이다. 의자에 앉았던 사람이 일어나도 스크린을 통해 그 사람의 등을 계속 볼 수 있다.

앉았다 일어난 사람의 몸은 '육체', 의자 등받이에 남겨진 몸은 '영혼'인 셈이다. 작가의 해설에 따르면 버스 같은 걸 타도 전에 앉았던 사람의 온기가 잠시 동안 남아 있으니 의자는 사람의 흔적을 얼마간 간직하는 사물이라는 것이다. 이 프로젝트는 형태, 기능이 아닌 다른 개념으로서의 의자를 보여주었다.

피도 눈물도 없는 의자도 사람의 체취와 온기를 담아둔다. 사람을 떠나보낼 때 그 영혼을 간직하는 건 사람뿐만이 아니다.

이상적인 의자

또 다른 의자 이야기. 사람은 표준 마네킹이 아니기 때문에 의자
는 수많은 신체적 다양성과 움직임에 대한 옵션을 수용해야 한
다. 그래서 용도와 취향, 신체 조건에 맞는 것을 선택할 수 있도
록 제법 많은 종류가 필요하다. 딱 하나의 의자가 대안이 될 수
없으니 결국 이상적인 의자를 찾는 것은 불가능하다는 것이다.
그렇다면 의자보다 훨씬 복잡하게 구성된 사람이 이상적인 사람
을 찾는다는 건 말해 뭐해, 허상이겠지.

Hole mich hier
RAUS

건넨 이별

몇 년 전, 나는 런던에 있었고 그는 서울에 있었다. 나의 시간은 낮이었고 그의 시간은 밤이었다. 우리는 서울에서 매일 붙어 다녔지만 정작 이별할 땐 다른 시간에 있었다.

"나는 드디어 너에게서 도망치기로 했어. 너랑 있으면 늘 불안하고 짜릿했어. 위태롭고 가슴 졸이는 게 마치 높은 데서 외줄타기 하는 것 같았어. 이대로 끝나지 않을 것 같아 무서웠어. 우리를 태운 커다란 풍선이 점점 높은 곳으로 올라가는데 주위를 둘러보니 온통 처음 보는 것들이라 숨막히게 예뻤던 건 사실이야. 하지만 땅에서 멀어질수록 풍선이 제발 터져버리기를 바랐어. 이렇게 좋아

도 되나 싶을 정도로 행복했지만 되도록 빨리 그 시간이
과거가 되길 원했어. 미안해."

그는 갑작스런 헤어짐을 받아들이지 못했다. 난 최대한 침착하
고 온화하게, 사실은 몇 년간 끈끈했던 인연도 마지막 하루는
별수 없구나 싶을 정도로 차갑게 타일렀다. 하지만 수화기 너머
들리는 눈물 섞인 목소리는 내내 바늘에 찔린 손톱 밑처럼 따갑
게 남았다.

"기억은, 추억은 사라지는 게 아니야. 마음 저쪽 구석에
켜켜이 쌓이는 거야. 네 마음속 가장 깊숙한 곳, 가장 두
텁고 강렬한 기억이 되었음 좋겠어."

더 이상 서로 연락하지 않는다고 해서 금세 바스러져버릴 지난
날들이 아니라고 생각했기 때문에 내가 전화로 무슨 소리를 하
는지도 몰랐다.

사랑을 받고 또 주었던 것은 분명히 따뜻한 기억인데, 마음을 받
고 마음을 썼던 일은 항상 나중에 좀 괴로웠다. 그래도 함께 반
짝였던 순간들이 엉겨 붙어 그물이 된 세월은 나에게나 그에게

나 반짝이는 또 다른 세월을 낚으며 살 수 있게 하는 든든한 그
물이 되리라 믿었다. 잊을 만하면 여드름처럼 올라와 괴롭히거
나 더없이 행복한 미소로 떠올릴 수 있는, 절대 지울 수 없는 누
군가의 기억이 된다는 건 자랑스러운 일이었다.

건네받은 이별

누구보다 큰 기대를 안고, 누구보다 무거운 마음으로 런던에서
서울로 돌아온 지 몇 개월 지났을 때 편지를 받았다.

잘 지내.
너와 함께 보낸 시간은
봄처럼 따뜻한 기억이야.

헤어짐은 늘 배려 없이 불쑥 찾아와 놀래키지만 어쨌든 예정되
어 있던 이벤트. 저녁만 되면 날이 가는 게 슬퍼 서로의 자국이
와글와글 배인 런던 구석에서, 서울에서의 재회를 그리며 부둥
켜안고 그렇게 울었건만 이별은 역시 감정을 주워 담을 시간 따

위는 주지 않았다.

되돌리고 싶다. 기억이 되고 싶지 않다. 네 기억으로 남고 싶었던 적은 한 순간도 없었다. 과거에는 아무것도 모르고 막 핀 꽃처럼 좋았던 둘만 있었지. 이렇게 서로의 기억이 될 거라고는 생각하지 않았지. 그런데 나더러 네 과거에 머물라니.

상실의 시대

'나를 기억해줘.'

매번 이렇게 생각했다. 진심이었을까?

사실 나는 그에게 오래 기억되고 싶지 않았던 것일지도 모른다.

가능한 한 빨리 그의 기억에서 사라지고 싶었을지도.

이런 진심을 나도 알고 있었을 거야. 그런데도 커다란 바위가 한
순간 없어져버린 뒤 허전하고 황폐하게 남을 시간을 견디지 못
할 것 같아 '나를 잊어줘'라고 솔직하게 말하지 못했다. 결국 떨
어질 듯 아슬하게 매달려 있던 '나를 기억해줘'는 나중에 더 큰
서글픔과 결국 텅 비어버린 가슴이 되었다.

끝끝내 마주한 상실의 시대.

꿈꿀 시간

유난히 크고 노란 누룽지 같은 달이 낮게 떠 있던 밤. 행복했던 때는 곱씹을 시간도 없이 빨리 지나가버리고 미처 즐기지 못한 감정이 예고 없이 새어나올 때가 있다. 휘말리고 싶지 않아 음악을 껐다.

마음 놓고 슬픔에 빠질 여유가 없는 것은 다행일까? 불행일까? 밤이 되면 매일 드라마 같은, 영화 같은 꿈을 꿨는데 헤어지고 나서 한 달 동안은 죽은 듯 잠을 잤다.

슬퍼 흔들거리는 연약한 감정에 기대고 싶은데. 꿈을 꿔야 너를 볼 수 있을 텐데. 그럴 시간이 없다는 게 다행일까? 불행일까?

모르는 사람

너를 잃는 것이 두려워 싫은 소리 한 번 내뱉지 못했는데 너는 어떤 마음으로 내 손을 놓은 것일까. 이제 가늠조차 해볼 수 없을 만큼 넌 내가 모르는 사람이 되어가고 있다. 이별에 온갖 잡다한 감정을 다 집어넣고 있을 무렵 친구가 말했다.

"네 옆에 있을 때나 네가 아는 사람이지, 뭐."

비닐우산

서울에서 오랜 기간 만났던 그와는 내가 런던으로 가면서 헤어지고, 런던에서 만나 상큼하게 연애했던 그와는 내가 서울로 돌아오고 나서 헤어졌다.

이별 끝에 드는 생각은 우리는 그저 서로를 필요할 때까지 이용했구나 하는 것. 사랑의 수명이 닳아갈 때도, 권태의 시간에 꽃이 피어 함께 있지만 쓸쓸함을 느낄 때도, 믿음이 곤두박질쳤을 때도 나는 연애를 그만두지 못했다. 골목길을 혼자 걸어 다니는 것이 심심해서, 여름밤 아무 때나 불러내 밝은 달 안주 삼아 맥주를 마시며 수다 떨 파트너가 필요해서, 오늘 하루 어떻게 보냈는지 단순히 투덜거리기 위해 그들을 만났다. 그러다 더 이상 필요가 없어졌을 때 자연스레 이별한 것이다.

갑작스레 부슬비가 내리던 날, 단골 카페 사장님이 우산을 빌려 주면서 그랬다.

"쓰고 가세요. 손님이 놓고 간 건데 가끔 비 올 때 우산 없는 손님들한테 빌려주는 우산이에요."

고맙게도 우산을 쓰고 와서 비를 맞지 않았지만 다시 돌려 주지 않았다. 작업실에 두었다가 언젠가 갑자기 비 오는 날, 다른 사람에게 우산을 빌려주는 호의를 나도 베풀고 싶었기 때문이다. 그런 용도로 여태 돌고 돈 우산이니까.

여름 장마철이어서 기회는 빨리 왔다. 우산을 빌려 간 사람도 나에게 돌려주지 않았다.
우산은 비닐우산이었다. 누군가 급하게 산 우산이지 영원한 소유물로 아껴 쓰고자 산 것 같지 않은, 계속 떠돌아야 할 운명으로 태어난 것 같은 그 우산처럼 사람도 그러할까. 지금 만나는 사람의 맘에 쏙 들고 싶지만 어떤 이유에서인지 또 다른 사람에게로 옮겨 다녀야 하는 운명을 지닌 사람이 있을까.

머리를 자른 이유

나로 돌아가려는 탄성의 법칙이라도 있는 걸까?

그는 헤어지자마자 끊었던 담배를 다시 폈고

나는 몇 년간 기른 머리를 잘랐다.

기분 탓에 그런 게 아니라 서로를 위해

그간 가장 많이 참았던 걸 다시 시작한 것이다.

나만 모른다

내가 어떻게 걷고 어떻게 말하고 어떻게 웃는지 모른다. 속마음
은 나만 아는데 겉모습은 나만 모른다. 내가 어떻게 걷고 어떻게
말하고 어떻게 웃는지는 주변 사람들의 말과 어쩌다 찍힌 사진
같은 것들을 통해 추측만 해본다. 사람들이 내 표정을 보며 속마
음을 추측하듯이.

그동안 무슨 허튼짓을 한 것도 아닌데
시간이 지나갔어.
그냥 나이를 먹어버렸어.
숫자만 올라갔다고.

삼십 대라는 이유로,
친구들 절반이 결혼을 했다는 이유로,
비혼주의자가 아니라면 언젠가 결혼할 거라는 이유로
누군가와 친해지기도 전에 조심스럽기를 요구하잖아.

연애, 그까짓 거, 에라 모르겠다, 하고
시작하고 싶은데.
우린 사실 그럴 수 있잖아.
더 많은 사람을 만나서 귀엽고 화끈하게 사랑할
에너지가 남아 있잖아.

그렇지만 다른 사람의 시간에도 맞춰 살아야 하니까
에라 모르겠다, 하고 시작하지 못하는 거지, 점점.

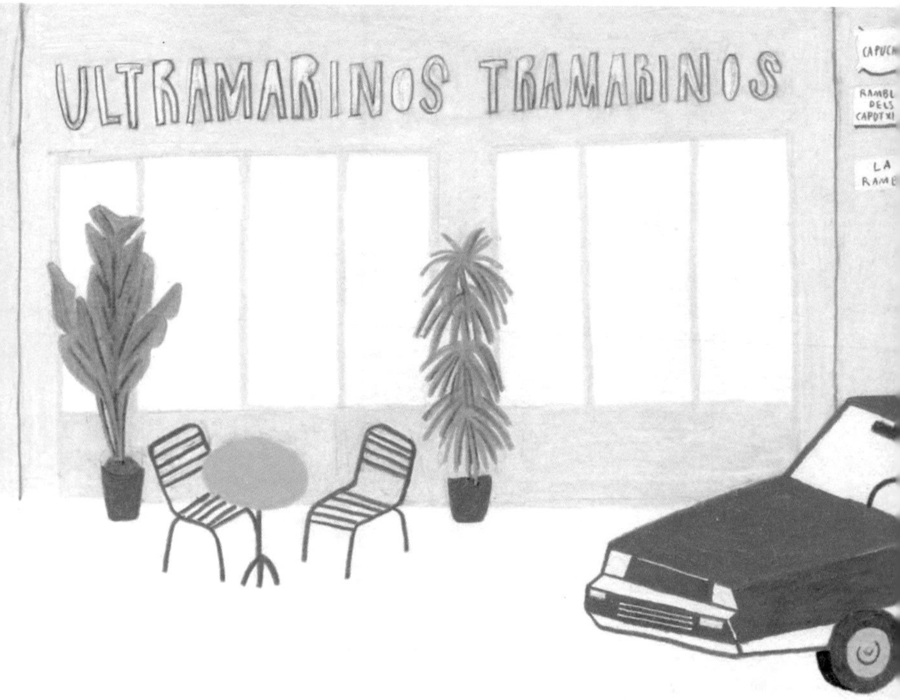
ULTRAMARINOS TRAMARINOS

어떤 배려

아는 부부와 함께 차를 타고 지방에서 열리는 영화제에 놀러가는 길, 부부는 갑자기 말다툼을 시작했다. 남편은 승진을 위해 중요한 시험을 준비하는 중이었다.

오빠 내가 시험장도 영화제 근처로 잡았잖아. 자기가 여기에 꼭 오고 싶어 하니까.

언니 알아. 그래서 내가 시험장도 알아봐주고 영화 예매도 했잖아. 자기는 공부만 열심히 하라고.

오빠 그래서 내가 여행지에서 너 하고 싶은 대로 해도 아무 말 안 하잖아.

언니 그래서 내가 운전도 하잖아. 컨디션 조절하라고.

나 좋은 것도 포기하지 않았고 상대방을 위해 배려도 하고 있으
니 두 마리 토끼를 다 잡은 것 같은데 왜 싸우는 걸까?

물을 끓이다가

보글보글 끓어오르는 물 위로 공기를 점령하는 수증기. 이루 말할 수 없이 아득하고 뜨거워 그 누구의 뜨거움과도 비교할 수 없고 사라지는 형상 또한 비할 데 없이 허망하다. 하지만 물방울로 내려앉은 자잘한 것들까지 그 모든 과정이 사랑. 읽고 쓰고 쉽게 버리는 공간. 이 난잡함 와중에도 한쪽 구석에는, 사랑을 두었다.

작은 먼치킨

누구나 공허함을 피하고 싶어 해. 피해봤자 마주하는 건 공허한 가슴속 더욱 커져만 가는 도넛. 우리는 모두 뻥 뚫린 도넛 하나씩 을 품에 안고 구멍이 메워지기를 바라며 기다리지만 실은 누군가 의 도넛에서 빠져나온 먼치킨이야. 비록 컵에 담겨 개당 300원에 팔리는 묶음이라지만 누군가에게는 딱 맞는 작은 먼치킨.

가만히 누려보는 시간

시간과 시간 사이,

생각과 생각 사이의 틈을

가장 알맞은 온도의 무언가로 채우는 것에

더욱 몰두하기로 했다.

젤리 같은 시간

아방. 오늘이 네 인생의 가장 멋진 날이 되길 바라.

어느 일주일의 끝, 별다른 일 없던 금요일에 문자를 한 통 받았다.
밋밋하던 기분이 환해졌다. 가장 멋진 날, 이런 오늘이 차곡차곡
쌓여 찐득하고도 알록달록한, 젤리 같은 시간을 만들 것이다.

버릇처럼 말했던 것

나의 꿈과 목표를 함께 고민해주었던 친구가 말했다.

"너 회사 다니면서 버릇처럼 말했었어. 책 낼 거라고."

일 년 후 여행을 다녀왔고 또 일 년 후 정말 여행 에세이를 출간했다. 책을 내고 싶다고 늘 생각했고 물 흐르듯 그렇게 되었지만 저렇게 확신에 찬 말을 내 입으로 하고 다녔는지는 잊고 있었다. 내가 책을 낸 사실을 별일 아니라 여기며 살았는데 실은 굉장히 오래전부터 간절히 바라온 일이었다. 유치원에 동화를 지어 갔던 어린 시절부터 내 책을 내고 싶다고 생각했던 것 같다. 어렴풋하지만 끈질긴 바람 같은 것이었다.

RAVEN

개 짖는 소리, 비 내리는 소리

십 년째 서울에 살고 있지만 한 번씩 새벽에 개가 짖으면 서울이 낯설게 느껴진다. 개 짖는 소리가 골목에 컹컹 울릴 때면 왜 그렇게 황량한 곳으로 뛰쳐나가고 싶은지. 갑작스레 그런 기분이 들면 다들 잠든 밤에 자유가 그립다.

가만히 이불을 덮고 있어야 마땅한 시간에 생각나는 자유란, 문득 낯설게 느껴지는 서울처럼 생소한 곳에서 맞이하는 청량감이다. 그것은 바로 '여행'. 여행이라는 단어는 내가 오랫동안 살던 곳까지 운치 있게 만드는 힘이 있다.

자유를 느끼고 싶다며 자려다 말고 사진첩을 뒤졌다. 그 장소에 있고 싶은 마음이 너무 간절해 그런 걸까, 여행 첫날 찍었던 영상에서 냄새가 났다. 광장에서 맡았던 길거리에서 소시지 굽는 냄새, 싱긋한 나무 냄새가 핸드폰의 매끄러운 액정에서 나다니. 코끝이 일 년 전 맡았던 냄새를 사진에 따라 구분했다. 냄새가 나는 사진일수록 기억이 짙다. 장면과 소리가 불러낸 선명한 기억은 콧속에 저장해뒀던 다른 냄새와 함께 더 큰 기억을 끄집어냈고 큰 기억은 다시 자잘하게 쪼개어졌다.

스물일곱에 떠났던 베를린 여행은 그 전후에 한 수십 번의 여행을 통틀어 내 인생관을 가장 크게 바꾸어주었다. 그때는 한 달이란 시간 동안 생계를 위한 행위를 중단하고 여행을 한다는 게 겁이 나 잠 못 이루곤 했지만 이제 와 생각하면 그 정도는 재지도 않고 떠났던 거나 마찬가지였다. 오로지 낮의 햇살과 뉘엿뉘엿 해질 무렵의 햇살을 온몸으로 받고자 여행을 결심했던 시절을 살았다는 것이 그리웠다.
뻥 뚫린 가슴 속을 그득히 채워주었던 베를린 여행의 다음 여정이 런던 유학이 될 줄 누가 알았을까. 누가 유학 얘기를 꺼내면 다 남 일이라며 한쪽 귀로 흘려보냈는데. 인생 어찌 될지 모른다는 말이 정말 맞구나.

한밤중에 개 짖는 소리로 시작된 여행에 대한 추억은 가장 가까운 기억인 런던을 지나 두서없는 근황으로 튀었다. 근황이라. 연애에 대한 조급함과 멋있게 그려야 한다는 강박에 수개월 괴롭힘을 당했다. 실컷 두드려 맞고 그 강박들이 가라앉기 시작한 지 얼마 되지 않았다.

익숙한 척 내 발목을 붙잡고 있던 것들에서 해방된 기분은 여행과는 또 다른 자유를 주었다. 이번엔 개가 짖는 소리가 아니라 자다 깼는데 뜻밖에도 요란하게 내리고 있는 빗소리랄까. 빗방울이 아스팔트에 세차게 부딪치는 소리가 머릿속 구석구석을 말끔히 씻어주는 기분이다. 비를 두 팔 벌려 다 맞고 서 있는 그런 자유. 근래 나를 망설이게 했던 것들은 아무래도 큰비가 오면 씻겨 내려갈 가볍고 잡다한 것들이었나 보다.

고양이 발자국

어느덧 여름이 코앞이다. 무덥고 활기차고 싱싱한 와중에 역시나 쓸쓸하게 보내게 될까? 몇 달 후면 없어질 여름.

"올해 여름, 뭐하며 보낼 거야?"

지금 당장이나 내일, 요즘 뭐하는지도 궁금하긴 한데 그냥 좀 앞선 여름을 궁금해하는 게 좋다. 계절은 워낙 온 것 같지도 않게 사라지는 눈 위의 고양이 발자국 같거든. 그래서 무심히 여름을 보낸 후에 여름 계획을 궁금해했던 몇 달 전을 떠올리면 그때를 두 번 사는 기분이 들 것 같아서. 아니면 그 또한 지나갔군, 하며 내려다보는 느낌이 들 것 같아 묻곤 한다.

나다운 온도

'잊히지 않는 눈동자를 빚어가리라.'

글 아래 적힌 날짜를 보니 서른이 되기 직전의 봄에 쓴 모양이
다. 내가 이런 생각을 했다니 꽤 패기와 열정이 넘쳤던 게 분명
하다.

모든 이에게 빛이 나는, 활달하고 에너지 넘치는, 크리에이티브
하고 도전적인 사람으로 비쳐지고 싶은 욕망이 있었다. 지금의
나는 내 눈동자가 많은 이들에게 기억되고 싶다는 소원에서 벗
어났다. 풀려났다고나 할까.

그렇다고 내 눈동자가 누군가에게 맥없이 보이길 바라는 건 아
니다. 내 안의 삶, 시간과 시간 사이, 생각과 생각 사이의 틈을

가장 알맞은 온도의 무언가로 채우는 것에 더욱 몰두하기로 했다. 섣불리 결과를 예측하거나 결정하지 말자. 결과와 결정하기까지의 과정을 더욱 따듯하고 촘촘히 메워 그 결을 아름답게 빚다 보면 내 눈동자를 누군가는 감명 깊게 바라보기도 하겠지.

나다운 단어

메일로 인터뷰 질문지가 도착했다. 늘 뻔하고 비슷비슷한 질문들에 로봇 같은 대답을 늘어놓다가 한 질문에서 잠깐 손을 멈추고 고개를 들었다.

나다운 단어 스무 개를 나열해주세요.

눈만 깜빡깜빡. 나다운 단어라.
우선 좋아하는 것부터 생각나는 대로 적었다. 열 개가 넘어갈수록 내가 생각하는 '나'가 아닌 남이 '나'를 떠올릴 때, 남이 나의 사진을 보았을 때 들 것 같은 느낌을 상상하게 되었다. 왠지 내가 알고 있는 사실뿐 아니라 다른 많은 사람들의 머릿속에 자연스레 떠오르는 나의 모습 역시 '나다운'이라는 말에 설득력을 가질 것 같았기 때문이다.

바다, 꽃, 여행, 초여름, 그림, 골목길, 음악, 따듯함, 사랑, 베를린, 상상, 귀여움, 꿈, 춤, 김치, 알록달록, 에너지, 즉흥, 도전, 자유.

'나는 이런 사람이구나.'

난 충분히 긍정적이고 밝은 단어들에 어울리는 사람인데 그간 너무 어두운 부분에만 집중했던 걸까. 누구나 어둡고 밝은 부분을 동시에 가졌을 텐데. 명랑한 모습에 강박을 가질 필요도 없지만 그것이 잘 어울리는 모습을 굳이 부정할 필요도 없었는데.

"치열하게 어느 시기를 살고 나면 그 끝에 우울의 시기가
온대."

10년차 직장인인 친구가 말했다.

"내가 요즘 그런가봐. 나름대로 치열한 시기를 보낸 것
같아. 외로울수록, 기댈 곳이 없을수록 우울감이 내면으
로 파고들어. 우울을 떨치려 정신을 쏟을 곳이 필요해.
그래서 요즘 온 정신을 다해 창조적인 결과물을 만들고
있는데 지금 내게 그건 글이야. 너도 우울의 시기에 대한
결과물로 너만의 다음 단계를 만들어내겠지."

"맞아. 그러다 보면 슬그머니 치열한 시기가 지나가는 것처럼 우울도 슬그머니 아무렇지 않게 지나가고, 아무렇지 않게 다음이 올 거야."

들여다보는 연습

좋아하는 사진작가의 사진을 한참 들여다보았다.

사진 속 여자의 한쪽 어깨는 햇빛을 받아 하얗게 실루엣이 드러났고, 몸의 나머지 부분은 어둠에 가려져 신비한 분위기가 느껴졌다. 여자와 함께 있는 세면대의 수도꼭지에선 물 흐르는 소리가 들리는 것 같고 여자의 팔이 느슨하게 움직일 것도 같다. 한 줄 제목도 없는 멈춰진 장면 속, 고요히 스며든 빛과 소품 몇 개에 수많은 소리들이 두둥실 떠오른다.

빛을 이렇게 이용할 수 있구나. 어떻게 바라보면 공간이 이런 빛깔을 띨까. 어떻게 찍으면 말 없는 사진에서 이야기가 피어오를까. 사진을 보다가 내 그림을 보았다. 여태 그림자는 어찌어찌 그렸으나 표현에 자신이 없는 빛은 그려본 적도, 꼼꼼히 들여다본 적도 없다는 걸 깨달았다.

'빛을 그리고 싶어도 못 그릴 것 같으니 있어도 없는 척,
아예 무시했던 것 같은데…. 혹시 내가 사람에게도 그랬
을까?'

누군가 갖고 있는 어떤 부분을 인정하기 싫어 생각을 하다 접은
적도 여러 번. 시도는 했지만 충분히 이해하지 못하고 고개만 대
충 끄덕이고선 다시 떠올리지 않은 적도 있다.
이해하는 시간, 받아들이는 시간, 곱씹어 생각해보는 시간은 남
들에게도 그렇지만 나에게도 모자랐다. 분명히 갖고 있지만 스스
로 인정하기 싫은 부분, 아니면 깊게 생각하기 귀찮거나 무서워
서 천천히 뜯어보지 않았던 것들이 실은 널려 있었다. 그림이든,
친구들이든, 나 자신이든, 두루뭉술하게 얼버무린 주변의 많은
것들이 어떤 빛깔을 갖고 있는지, 점점 어떻게 변해가고 있는지,
어떤 이야기로 피어나는지 찬찬히 뜯어볼 때가 된 것 같다.

웅크린 시간

텔레비전을 보는데 이런 이야기가 나왔다.

갑각류는 뼈가 없고 겉이 딱딱한 갑옷 같은 껍데기로 둘러싸여 있다. 그래서 갑각류가 성장할 때는 허물을 벗어야만 하고, 허물을 벗고 새 갑옷을 입기 전까지는 누구에게나 잡아먹히기 쉬운 아주 말랑말랑하고 약한 상태다. 인간을 갑각류에 비유하면, 인간이 발전할 수 있는 순간 또한 가장 약하고 상처받기 쉬운 순간이다.

엄청난 위로와 공감이 되었다. 오랜 시간 갖고 있던 생각과 가치관이 태풍에 실려 뿔뿔이 흩어지던 때, 난 누군가 건드리면 곧

울 준비가 돼 있는 아이였다. 그게 마치 허물 벗는 과정 같다고 생각하던 찰나. 일부러 바꾸는 게 아니라 때가 되어 변하고 벗겨지는 자연스러운 과정인데도 고통스럽다. 웅크린 채 껍질이 다 벗겨지기를 기다리는 동안 결코 가만히 보고 있지 못한다. 그 과정에 온 정신을 쏟아야 한다. 껍질은 내 몸의 일부였지만 허물이 된 이상 바스락거리는 낙엽에 불과하다.

'일 년이 넘는 긴 시간 동안 허물 속에서 여행한 기분이야. 고독하고 지루하고 너무나 힘들었지만 허물 밖에 도착해 기지개를 펴면 아무도 나를 못 알아보겠지. 마침내 새로운 세계에 도달하는 거야.'

새로운 세계를 상상하니 한껏 웅크린 이 시간에 조금은 희열을 느낀다.

언니들

이십 대 중반, 나에게는 자주 만나는 스물아홉 살 언니들이 몇 명 있었다. 고작 나보다 서너 살 많은 나이지만 9로 끝나는 스물 아홉이라는 숫자는 거의 인생 다 살고 벼랑 끝에 서 있는 것 같은 이미지였다. 언니들은 직장을 계속 옮겼고 취미 활동하는 데 일주일의 반 이상을 쓰는 것 같았다. 서른이란 커다란 인생의 정점을 코앞에 두고 왜 저렇게 칠칠하지 못할까.

하루는 언니들과 지하철을 타고 가다 고민을 털어놓았다. 언니들 모두 내 고민에 크게 공감했다. 그 고민이 그 고민이며 그 일상이 그 일상이었나 보다. 디테일이 조금씩 다를 뿐 뭣도 모르는 나나, 훨씬 많은 걸 경험했고 알고 있는 언니들이나 고민의 주제는 같았다. 아는 게 많아지니까 아는 만큼 더 흔들리는 건지. 그렇다면 내가 기다리던 인생의 모든 것이 순조로운 나이는 서른 살도 아닌 걸까.

시간이 흘러 다섯 살 어린 동생들과 문 닫은 바에서 춤추며 까르르거리던 영상은 몇 년째 회자되고 있다. 그때 내 나이 스물아홉 살이었다. 수년 전 내 고민을 함께해줬던 스물아홉 언니들도 이제 서른다섯이 되었으니 삼십 대 중턱을 넘어가는 시점에 조금은 철이 들었겠지, 현실감이 생겼겠지 했는데 여전하다.

내 친구들 역시 서른 초입에 들어섰지만 내가 알던 스무 살 대학생의 모습을 여전히 갖고 있다. 어린 시절 모습이 어른이 되었다고 없어지는 게 아니었다. 그냥 연차가 쌓인 직장 생활과 되풀이되는 연애의 시행착오로 노련함이 플러스되었을 뿐이다.

제천국제음악영화제에서 보았던 롤링스톤즈에 관한 다큐멘터리가 떠올랐다. 일흔 넘어 머리카락이 하얀 할아버지들이 여전히 머리에 두건을 쓰고 가죽바지를 입고 무대를 휘젓는데 수십만 명이 열광했다. 무대 위 그들은 여전히 섹시하고 무대 뒤에서는 장난스러웠다.

영화를 보면서 다짐했다. 어떤 풍파가 몰아치고 주변에서 나이에 맞는 태도를 요구하더라도 섹시함과 장난스러움만큼은 잃지 말아야겠다고. 그리고 지금 내가 가진 젊음처럼 세월을 통해 하나씩 찾아오는 수식어들은 그때가 아니면 두 번 다시 써보지 못할 것들이기에 아낌없이 사치할 것이라고.

품위 없는 기분 같으니

어제는 곧 죽을 것 같더니 오늘은 별것 아닌 것들로 가라앉았던
기분이 풀렸다. 파도치는 외국 노래, 책 한 권을 빌려 나올 때 제
목을 내려다보는 순간, 단골 카페 사장님의 인사, 위를 보니 오
른쪽으로 흘러가는 구름이 티 없이 하얀 것, 아래를 보니 길바닥
에 뒤집혀 허둥대는 매미 한 마리가 귀여운 것 따위로.

품위 없는 기분 같으니.

기도

저에게 어떤 고통과 어떤 기쁨과 어떤 뜻하지 않은 사건과 어떤 사소한 즐거움을 주실지 이제는 예상 가능한 범주를 넘어섰네요. 저는 미묘한 진동에도 쉽게 즐거워하고 쉽게 흔들립니다. 작업은 몇 달째 쉬고 있고 열성을 다해 일한 지도 꽤 된 것 같아요. 예전에는 이런 게 참 불안하고 떨렸는데, 작업하기 싫거나 어쩌다 그림을 못 그리는 시간이 늘어나면 슬퍼 어찌할 바를 몰랐는데 요즘에는 그러지도 않아요.

이래도 괜찮은 건지, 이게 잘 되어가는 중인 건지, 결과를 모르니 과정에도 점수를 매길 수가 없네요. 그래봤자 고작 몇 개월 쉰 것뿐인데 이리도 마음이 복잡한 걸 보면 그냥 제가 살아오던 패턴에 질린 걸까요? 아니면 지금이 정말 쉬어가야 할 타이밍일까요? 이런 제 모습을 처음 봅니다. 굉장히 낯설어요.

주름진 얼굴로 지금의 저를 내려다보는 상상을 해봅니다. 의욕
없는 낯선 제 모습에 적응하지 못해 갈팡질팡하는 지금의 저 또
한 제가 사랑하는 수많은 얼굴 가운데 하나겠지요. 그리고 끝없
이 긴 길 중 하나를 섬처럼 걸어가는 모습이겠지요. 평가하기 힘
든 현재의 모습도 존중하려 합니다. 그리고 제 길을 갈 거예요.
여전히 다른 사람이 부럽고 질투가 날 때도 있어요. 내가 가지지
못한 능력, 행운, 이런저런 것들에 화가 나요.
결핍의 공간이 클수록 그런 감정들이 비집고 들어오기 쉬운 것
같아요. 결핍과 콤플렉스의 땅을 나를 갉아먹는 생각 대신 다른
무언가로 메우고 싶어 결국엔 또 글을 쓰고 그림을 그리는 것 같
습니다. 그러니 결핍은 질투심과 열등감을 낳기도 하지만 동시
에 새로운 방향을 만들어내는 것 같기도 해요.
타인의 기준에 끼워 맞추려고 저를 억지로 높이지도 낮추지도
않을 겁니다. 누구와도 비교하지 않고 제 마음이 간절하게 원하
는 것에 충실하여 발밑의 점들을 이어가고 싶어요.

이렇게 정성을 다해 길게 중얼거려봤자

자고 나면 또 달라지겠지.

나그네의 자격

나이를 먹으니 경험에 의한 데이터는 쌓여가는데 어째서 확신할 수 있는 것의 범위는 점점 줄어드는 걸까. 겪어본 게 많을수록 자신 있게 그 결과를 말할 수 있을 줄 알았는데 도리어 확신이 서는 게 아무것도 없다.

확신도 없고 결과를 예측하기 힘든 것들과의 만남, 도전, 그런 것들로 남은 오십 년을 채워나가야 한다. 그러니 다른 미래를 꿈꾸더라도 막막한 미래 때문에 발길을 틀지 못하고 그냥 주저앉아 살던 대로 사는 사람이 많을 것이다.

그 사람들은 여태껏 파오던 콩밭을 계속 파면 결국 콩이 나오는 건 뻔한 사실일 테니 그 안정성 하나 믿고 성실하게 콩밭을 파는 '소작농파'다.

그렇게는 살 수 없다며 다른 미래를 위해 콩밭 옆 밭을 건드리는 '연구파'도 있다. 연구파는 확률 따져가며 결과를 최대한 예측하고 통계를 내어 밭에서 무슨 열매가 열릴지 조금이라도 더 정확하게 알기 위해 꼼꼼히 계획을 세우겠지.

나 같은 사람은 누가 봐도 콩이 나올 걸 아는 콩밭은 뻔해서 도저히 재미가 없으니 소작농에게 맡겨두고 이 밭, 저 밭 다 건드려보는 재미로 사는 '나그네파'다. 이 밭을 판다고 과연 콩이 나올지 팥이 나올지 확신이 서지 않는다면 열심히 파본들 결국 어떤 열매를 얻을지는 죽기 직전에나 알 수 있는 것 아닌가.

그때 알아봤자 무슨 소용인가. 그렇다면 애초에 결과 따위에는 연연할 필요가 없는 건가. 모르겠다. 뭐가 나오든 나오니까 이왕 사는 인생, 여기저기 다 파보자며 즐겁다.

사실 매번 즐겁지는 않았다. 때로는 캄캄하고 때로는 불안하다. 나그네파는 아무것도 예측할 수 없는 상황을 힘들어하면서도 견뎌야 하는 부류다. 연구파처럼 미래를 설계하고 직장에서의 스텝을 확실히 밟으며 목표 설정을 하고 조금 더 나은 미래를 꿈꾸는 사람이 있는 반면 나 같은 사람도 있다. 한창 새로운 방법으로 그림 연습에 매진하던 때, 좋으니까 하고는 있지만 그렇다고 당장 입에 풀칠하는 데 도움을 주는 것도 아니고 내일 어떻게 될

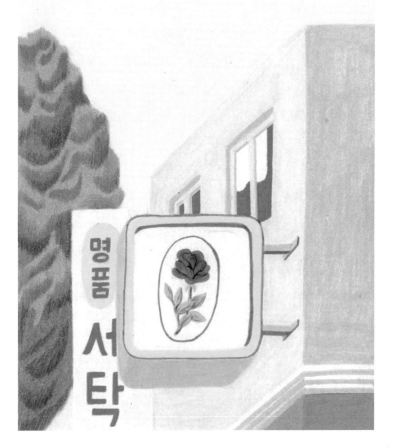

지도 알 수 없는 상태에 마음 한구석은 지쳐 있었다. 그때 오스카 와일드가 한 말을 발견했다.

> 당신이 당신이 되고 싶은 것을 결코 알지 못한다면, 만약 당신이 어떤 사람은 역동적인 삶이라고 부르지만 나는 예술적인 삶이라고 부르는 삶을 산다면, 매일 당신이 누군지, 무엇을 아는지 확신할 수 없다면, 당신은 결코 어떤 것도 될 수 없다. 그리고 그것은 당신의 상이다.

예술적인 삶. 오스카 와일드의 말은 무얼 하고 있는지 도통 모르겠는 나그네의 연습 시간을 축복받은 시간으로 만들어주었다. 어떤 것도 될 수 없다는 말은 그 무엇도 될 수 있다는 말과 같다. 난 실패를 가늠하기보다 끝없이 실패의 위험을 감수하면서 나아가야 하는 부류인 것이다. 희뿌연 시간의 끝에 뭐가 나올지 기대와 궁금증으로 엉킨 예술적인 인생을 부여받은 것 같아 벅찼다. 매일 다른 일을 하며 살아가니 미래에 어떤 일이 일어날지 모르는 동시에 예상을 뛰어넘는 색다른 미래를 꿈꿀 자격도 생겼다.

아침에 걸려온 엄마의 전화.

"오늘은 뭐하니?"
"그림 그리고 글 써요."

맙소사! 내가 말했지만 인생 정말 끝내준다.

하루 종일 그리고 싶은 그림을 그렸고, 감성이 바닥날 즈음 영화를 한 편 봤고, 자기 전에는 책을 몇 장 읽었다. 딱히 일이 없어도 그림을 그리는 건 연습하기 위해서고 영화를 보거나 책을 읽는 이유는 그 내용과 형태에서 작업에 필요한 여러 가지 소스들을 발견할 수 있어서다. 더 다양한 이야기와 그림체로 작업하기 위해 머릿속에 아카이빙하는 것과 같다.

지금 당장 돈을 버는 일과는 거리가 멀지만 추후 창작하는 일에 거름이 되리란 걸 아니까. 영화를 보며 누워 있는 시간이 뿌듯하고 사랑스러웠다.

행복한 땡땡이

광안리로 가는 버스를 타고 도로를 달릴 때 옆을 보면 창문 너머, 건물들 사이사이로 바다와 광안대교가 보인다. 언뜻언뜻, 머얼리, 그렇지만 꽤 가까이. 학창 시절, 봐도 봐도 낭만적이라고 생각했던 풍경이다.

고등학생 때 미술학원에만 가면 배가 아프고 머리도 깨질 것 같았다. 이런 날은 조퇴를 했는데 희한하게 학원 밖으로 나오면 아픈 게 싹 사라졌다. 그러면 죽을상을 하고 나왔는데 돌아가기도 뭣하고 집으로 가자니 양심에 찔려 광안리를 돌아 집까지 가는 버스를 타고 한 시간이 훌쩍 넘는 시간 동안 버스 여행을 했다. 꽉 막힌 빌딩 사이로 파란 바다가 보였다 사라지면 조각난 바다가 어찌나 예쁘던지. 정말이지 설레고 행복한 땡땡이였다.

숨 쉬는 것처럼

시도 때도 없이 휙휙 문장을 내뱉는다. 그러니 취미는 글쓰기라
할 수 있다. 대충대충, 수시로 쓰는 문장들은 글쓰기보다는 기록
에 가깝다. 취미의 뜻이 '전문성을 지니지 않았지만 즐거움을 위
해 하는 일'이므로 글쓰기는 내게 좋은 취미임이 분명하다.

너무 사소해 친구들도 잘 모르는 개인적 취미 생활은 눈밭에 발
자국을 남기는 것과 비슷하다. 내가 지금 버젓이 이 세상을 살아
가고 있다는 것을 발자국을 돌아보며 확인하듯 매일 기록한 메
모를 보며 나란 인간의 존재를 확인한다.

곱게 빚어진 물리적 결과물을 계속해서 밖으로 드러내야만 살아
있음을 증명하는 것이 아니다. 끊임없이 좋아하는 무언가를 하
고 있다면 살아 있는 것이다. 그냥 단순히 눈길을 걷는 것, 아니

면 숨을 들이마셨다가 내뱉는 것처럼 골똘하지 않은 채 자기도 모르는 사이 하고 있는 것만으로도 괜찮다.

머릿속 생각들을 기록하는 행위는 특별히 용쓰지 않아도 되고 수시로 할 수 있으며, 흰 바탕 위 늘어난 글자들은 결과적으로 무언가 만들어냈다는 기쁨까지 안겨준다. 그리하여 나에게 글쓰기는 나도 모르게 숨을 쉬고 있는 행위와 같다.

그들이 없었다면

일본 유학을 앞둔 친구에게 잘 다녀오라는 말이 나오지 않아 가지 말라고 했다. 친구는 떠나기 전, 내게 편지를 주었다.

언니가 없었다면 나는 모두의 안녕 속에서
왠지 모를 헛헛함을 안고 떠났을 거야.

그러고 보면 부산에서 서울에 올 때도, 런던에 갈 때도, 런던에서 다시 서울로 올 때도 내가 떠나지 않길 바라며 눈물을 흘리거나 아쉬워하는 사람이 항상 있었다. 공항에서 그들에게 인사하면서 발바닥이 땅에 붙은 것처럼 무거웠지만 그들이 없었다면 마음이 가볍다 못해 허전했겠지.

인연은 신기하고 인생은 알 수 없는 것 같아.

한 번 사는 인생에서

누구를 만날지는 게임 같은 거고

설사 만났다 하더라도 어떤 관계로 이어질지는

기다려봐야 아는 것 같아.

수많은 인연 중에 우리는

서로에게 햇빛과 물을 주어

천천히 오래도록 돌보는 사이가 되길 바라.

나의 꽃이, 너의 꽃이 무엇으로 피어날지,

너는 나에게, 나는 너에게

무슨 꽃으로 보여질지

수십 년 후에 확인할 수 있는 사이가 되길

기도해.

버스, 책 두 권, 하늘

깨기 싫은 꿈들을 쉴 새 없이 꾸다 낮잠에서 깨니 한 시간이 훌쩍 지나 있었다. 모처럼 개운해 기운이 팔팔 났지만 여전히 할 일이 없어서 굳이 깨지 않아도 되는 날들이었다.

미술관에 가서 전시란 전시는 다 보았고 도서관에 가서 글자와 이미지를 머리에 마구 입력했다. 연락만 하고 보기를 미뤄왔던 친구들 동네를 순회하며 한 명씩 만났다.

읽었는데 너무 마음이 편안해져 친구 것까지 구입한 두 권의 책을 들고 한낮의 버스 안에서 하늘을 올려다 보았다. 친구를 만난다는 사실 때문인지, 책 선물을 줄 기대감 때문인지, 한낮에 버스를 탈 수 있는 직업 때문인지, 아니면 그냥 하늘 때문인지 기분이 무척 좋았다.

아무리 가진 게 많아도 '이것' 하나가 없으면 아무것도 안 가진 것 같고, 가진 게 많지 않아도 '이것' 하나만 있으면 나눠 줄 수 있는 게 참 많은 것 같다. 여유.

새해 인사

12월 31일, 어제와 똑같이 이불 속에 파묻혀 잘 준비를 끝냈는데 아래층 TV에서 나는 소리인지 제야의 종소리가 들렸다.

집에 TV가 없어 밖에서 희미하게 들려오는 종소리를 귀동냥으로라도 들으니 감사해야 하는 것인지, 서글픈 것인지 분간이 안 될 때, 새해 복을 비는 문자가 속속 도착했다.

외국에서 새해를 맞이한 친구는 광장에서 본 이국적인 카운트다운 영상을 보냈다. 소중한 사람과 함께 이 시간을 보내는 사람들 대부분은 감격적인 순간을 SNS로 알렸다. 부러워서 심통이 나기 직전, 때마침 도착한 지인의 안부 문자.

새해 맞을 준비는 했어?

내일 맞을 준비는 했어.

연말 별것 있나. 똑같이 사는 거지. 부럽긴 하다. 그러니 관계를
유지하고 있는 사람들에게 더욱 감사하다.

누구도 그냥 늙지 않는다

나이는 빼기가 없다. 더하기만 된다. 허락한 적도 없는데 나이가 또 늘었다. 쏜살같이 도망가려는 지금 이 순간을 원하는 만큼 엿 가락처럼 늘릴 수 있다면, 과연 좋을까?

인생을 한 번밖에 못 산다는 게 갑자기 좀 아쉬워졌다. 내가 지나쳐온 날들을 다시는 살 수 없다는 사실에 슬펐다. '나이 드는 것의 종착은 소멸밖에 없는 것 아니냐, 나도 얼굴에 윤기가 흐르고 탄력이 넘쳐서 다들 부러워하던 때가 있었다'고 생각하면 멋있게 늙는다는 말도 겉모습이 젊을 수 없으니 위안을 얻으려는 자기 세뇌일 뿐이라고 삐죽거렸다.

열한 편의 영화를 소개하는 책에 나오는 첫 영화는 〈클라우드

오브 실스 마리아〉Clouds of Sils Maria다. 나이 든 배우가 자연스레 '나이 든 여자' 역을 맡게 되는데 문제는 그게 젊었을 적 맡아 스타덤에 올랐던 '젊은 여자' 배역의 상대역이라는 거다. 배우가 늙은 여자 역을 통해 진짜 나이 들었음을 인정하기까지 복잡한 심경으로 갈등하는 게 영화의 내용이다. 작가는 '나이가 드는 것은 단순히 늙는 것이 아니라 모든 나이를 포괄, 초월, 아우르는 존재가 되는 것'이라고 표현했다. 그리고 이렇게 말했다.

> 누구도 그냥 늙지 않는다. 홍역 같은 고통과 방황의 시간을 거쳐야 변화무쌍한 감정의 비구름 속을 통과해야 비로소 늙음을 맞이할 수 있다.
>
> _김호영, 《영화관을 나오면 다시 시작되는 영화가 있다》

글 한 줄에 위로를 받는다. 젊었던 시간을 지나온 게 아니라 '쌓아왔다'고 생각하면 소멸로 가는 게 아니라 부자로 가는 것 같은 느낌이랄까? 지금껏 살아온 시간과 누렸던 감정을 전부 아우르는 것이 '나이 듦'이라면 갈수록 풍요로워지는 뉘앙스다.

나는 어떻게 늙어갈 것인가.

"구체적인 목표가 무엇인가요?"라는 물음에 말문이 막혔다.
사실 목표라 하면 구체적으로 말 못할 것들만 엄청 많다. 어릴 때
는 작든 크든 목표 리스트를 만들어놓고 하나씩 이룰 때마다 성
취감을 느끼는 걸 즐겼다. 그렇게 따지면 지금 꼭 이루고 싶은 목
표랄 건 사실 없는 것 같다. 하고 싶은 건 많다. 그건 못해도 그
만인 것들이어서 부담이 없다. 슬럼프를 겪고 불안한 시간을 살
면서 구체적인 목표 대신 더 큰 범위의 꿈이 생겼다.

    '하고 싶은 것을 하고 싶을 때까지 할 수 있도록 지금을
    사는 것.'

하고 싶은 건 시시때때로 바뀔 텐데 그때마다 그것을 할 수 있는 정신과 몸을 가졌으면 좋겠다. 무언가를 하고 싶지만 내 정신이 그를 못 따라갈 수도, 다른 것을 하고 싶지만 어떤 이유로 망설여질 수도, 에너지는 넘치는데 하고 싶은 것이 없을 수도 있다. 하고 싶다고 해서 다 할 수 있는 것이 아니란 걸 알았으니 나의 꿈은 참 말이 쉽지 실현하기 어려운 꿈일 수도 있겠다. 그러므로 지금 그냥 잘 살아야겠다. 지금 당장, 이 순간.

인생은 고양이처럼